이계진입 리로디드

RELOADED

이계진입 리로디드 13

임경배 퓨전 판타지 소설

초판 1쇄 찍은 날 § 2017년 7월 21일
초판 1쇄 펴낸 날 § 2017년 7월 28일

지은이 § 임경배
펴낸이 § 서경석

편집책임 § 이지연

펴낸곳 § 도서출판 청어람
등록번호 § 제387-1999-000006호
등록일자 § 1999. 5. 31
어람번호 § 제1-2735호

주소 § 경기도 부천시 부일로 483번길 40 서경B/D 3F (우) 14640
전화 § 032-656-4452 팩스 § 032-656-4453
http://www.chungeoram.com
E-mail § chungeorambook@daum.net

ISBN 979-11-04-91400-3 04810
ISBN 979-11-04-90529-2 (세트)

RELOADED

임경배 퓨전 판타지 소설

FUSION FANTASTIC STORY

이계진입 13

도서출판 청어람

CONTENTS

RELOADED

이계진입 리로디드

Chapter 1

예상 밖의 접전

백색 상아탑 남쪽과 서쪽에서 치열한 전투가 이어지고 있었다. 창천기사단이 크림슨 나이츠 13인, 브렌탈과 백호기사단이 7인을 상대하는 중이었다. 창천기사단을 더 중히 여긴 릴스타인이 백호기사단 쪽에는 크림슨 나이츠를 적게 투입한 것이다.

　에세드와 우드로우의 지휘 아래, 창천기사단은 계속 시간을 끌었다.

　단원 개개인의 기량도 십 년 전보다 한층 원숙해진 데다 왕년의 동료들도 되돌아왔으니, 현저한 전력 차이에도 불구하고 어떻게든 큰 피해 없이 버텨낸다.

릴스타인과 엔다윈도 그 사실을 별로 이상하게 여기지 않았다.

"과연 창천기사단은 쉽게 쓰러져 주지 않는군요, 폐하."

"원체 바퀴벌레처럼 질긴 놈들이었으니까."

하지만 전투가 한창 진행된 후임에도, 브렌탈과 백호기사단이 여태 싸우고 있는 건 좀 이해하기 힘들다. 저 전력으로 무려 7명이나 되는 초인급 소드하이어를 전부 감당할 수 있을 리가 없다.

'그럼에도 아직까지 싸우고 있다고?'

초인급 소드하이어 한 명만으로 나올 전과가 아니었다. 하지만 현재 서쪽 전장에서 빛나는 투기강은 단 한 줄기, 브렌탈의 자색 투기강뿐이다.

'상식적으로 이렇게 잘 버틸 수 있을 리가 없는데?'

릴스타인은 의아해하며 원견의 마법을 조작해 상황을 좀더 세밀히 살폈다.

그리고 발견했다.

연신 적진을 누비며 테라노어의 전술 상식을 깨고 있는 신장 2미터의 근육질 거한을.

"패왕기, 격멸!"

갈색 머리의 청년 기사가 커다란 전마 위에서 투 핸디드 소드를 내려친다. 일렁이는 투기의 칼날이 크림슨 나이츠의 왼쪽 어깨를 정확히 노린다.

크림슨 나이츠도 반격에 나섰다. 마찬가지로 패왕기를 구사해, 푸른 투기강을 올려치며 날카로운 기합을 터뜨린다.

"크아아아!"

투기검이 투기강과 맞부딪히면 결과는 필패다. 청년 기사가 바로 오른손에 쥔 투 핸디드 소드를 거두었다. 그리고 왼손으로 길게 사선 베기를 날렸다.

"크윽!"

허점을 노리고 날아드는 또 하나의 대검에 크림슨 나이츠도 한발 물러설 수밖에 없었다. 투기강을 피해낸 청년 기사가 양팔을 들었다. 양손에 쥐어진 두 자루의 투 핸디드 소드가 재차 아지랑이 같은 투기를 뿜어냈다.

그렇다.

저 거구의 청년 기사는 오른손과 왼손으로 투 핸디드 소드를 하나씩 들고 휘두르고 있었다…….

릴스타인은 화면을 지켜보며 황당해했다.

"저 바보는 뭐지? 왜 저걸 양쪽에 쥐고 휘두르고 있는 거야?"

정통 검술을 정면으로 역행하는 짓이다. 애당초 저럴 재주가 있으면 그냥 검 하나에 집중하는 쪽이 훨씬 유리할 것이다.

보아하니 소문으로 전해지던 용병왕의 둘째 제자인 듯한데, 설마 무신급 소드하이어가 저런 엉터리 검술을 가르쳤을 리가?

엔다윈도 혀를 찼다.

"어이가 없군요. 제 부하였다면 당장 제명했을 겁니다."

두 사람은 계속 정황을 지켜보았다. 화면 속에서, 물러선 크림슨 나이츠가 포효를 터뜨리며 재차 공격하고 있었다.

"크아아아!"

순식간에 청년 기사의 좌측으로 파고든 뒤 무시무시한 속도로 푸른 투기강을 찔러간다. 같은 투기강으로 받아치지 못한다면 회피 외엔 선택지가 없는 상황이다.

청년 기사는 피하지 않았다.

"허업!"

두 자루의 대검을 풍차처럼 크게 휘두른다. 일렁이는 투기가 유려한 곡선을 그린다. 쌍검이 교차하며 푸른 투기강과 격돌한다.

"패왕기, 쌍격멸!"

쩌어엉!

뇌성이 울리며 청년 기사와 크림슨 나이츠가 동시에 뒤로 밀려났다.

엔다윈이 눈을 휘둥그레 떴다.

"맙소사! 투기검으로 투기강을 막았어?"

두 줄기 투기검을 교차해 강도를 증폭시키며, 절묘하게 타이밍을 맞춰 일순간 공세를 튕김으로써 투기강이 제 위력을 발휘하기도 전에 공격을 막았다. 무시무시한 검술에 무시무시한 전투 센스다.

밀려난 크림슨 나이츠를 향해 백호기사단이 달려들어 발을 묶기 시작했다. 그 틈에 청년 기사가 다른 상대를 찾았다.

"타아아앗!"

우렁찬 기합과 함께 수려한 몸놀림으로 허공을 날아오른다. 마치 춤을 추는 듯 유려한 검세를 펼치며 양손의 검을 화려하게 휘두른다.

검술이라기보단 차라리 무희의 춤에 더 가까운 움직임이었다. 동작 하나하나가 참 예쁘고 우아하다.

문제는 그 검무의 주체가 울룩불룩 알찬 근육으로 전신을 포장한 거한 중의 거한이란 점이지.

"저놈, 대체 정체가 뭐야?"

릴스타인은 멍한 표정을 지었다. 저 괴상망측한 검술을 대체 뭐라고 해야 할지 모르겠다.

엔다윈이 신음을 흘리며 말했다.

"어째 익숙하다 했더니, 시프 퀸의 검술이군요."

저 청년 기사는 레비나의 단검술을 패왕기로 구사하고 있었던 것이다. 덩치 큰 사내놈이 미녀의 움직임을 따라 하며 팔랑팔랑 날뛰고 있으니 당연히 괴상망측하겠지.

그럼에도 강하다.

청년 기사는 타고난 완력과 전투 센스로 상식을 부수며 위력적인 연격을 쉴 새 없이 날리고 있었다. 상대하는 크림슨 나이츠는 허우적대며 날아드는 공세를 받아치기만도 바빴다. 예전처럼 실전 경험이 전무한 상태가 아닌데도 제대로 대응하질 못한다.

릴스타인이 인상을 썼다.

"…크림슨 나이츠의 실전 능력에 아직 문제가 남아 있나?"

그건 아닌 듯했다.

엔다윈이 고개를 저으며 말했다.

"그냥 저자가 강한 겁니다, 폐하. 저라도 저 검술을 상대론 승리를 장담하기 힘들어 보이는군요. 거참, 어떻게 달인급의 경지로 저럴 수 있는 거지?"

달인급 소드하이어라고 반드시 초인급에게 패하는 것은 아니다. 경험이 많거나, 육체적 능력이 월등하거나, 혹은 전투 센스가 미친 듯이 좋다면 경지를 초월한 결과를 낳는 것도 불가능하진 않다.

소드하이어의 급수는 순전히 투기술의 경지를 기준으로 나누는 것이라, 실전에서는 간혹 오차가 생기는 것이다. 실제로 혁명전쟁 시절의 레비나는 달인급의 경지일 때도 루스클란 육호장과 필적하는 실전 능력을 보였었다.

"실로 천재 중의 천재로군요."

결국 몰리던 크림슨 나이츠가 찰나의 빈틈을 허용했다. 그리고 청년 기사는 그 빈틈을 놓치지 않았다.

"패왕기, 관천!"

날카로운 찌르기가 푸른 투기강을 비껴가며 정확히 급소를 찌른다. 말이 좋아 급소지, 투 핸디드 소드쯤 되면 그냥 신체 아무데나 찔러도 치명상이다.

  "크어억!"

  크림슨 나이츠는 비명을 내지르며 일격에 절명해 버렸다.

  그 광경을 지켜보며 릴스타인은 진심으로 감탄했다. 꼬락서니가 웃기든 말든, 결과는 훌륭하지 않은가?

  "저놈도 살려두었으면 좋겠군. 죽이기엔 아까워."

  한편 엔다원은 이해하지 못할 기시감에 헷갈려 하고 있었다.

  '이상하군, 처음 보는 얼굴인데 왜 이리 낯익지?'

  분명히 다른 사람인데도, 왠지 저 청년 기사를 잘 아는 것 같은 기분이 든다.

  '아, 그런가? 어쩐지 하이어 제논이랑 느낌이 비슷해.'

  루스클란의 후예를 추적하기 위해 백의종군을 자처한 홍룡 기사단원, 제논 스트라이드.

  그와 연락이 끊긴 지도 어언 1년이 넘어간다.

  물론 저 거구의 청년 기사가 제논일 리는 없었다. 누가 봐도 얼굴이 전혀 다르니까.

  문득 엔다원이 한가한 생각을 잠시 했다.

  '그러고 보니 제논은 대체 어디서 뭘 하고 있는 건지 모르겠군.'

창천기사단과 백호기사단이 접전을 벌이는 와중에도 릴스타인 왕국의 후속 부대는 착실히 백색 상아탑 동쪽을 향해 나아가고 있었다.

2,000의 군세가 40기의 크림슨 나이츠를 앞세워 들판을 가로지른다. 차분히 이동하는 것이 아니라 전군 속보(速步)를 통해 빠르게 거리를 좁힌다.

성벽 동쪽의 방어군 역시 응전에 들어갔다.

모투스가 쓰러지며 백색 상아탑의 기능은 마비되었지만 마법병단 자체는 여전히 건재하다. 수십 명의 마기언이 정해진 위치에 서서 마법을 날려댔다.

"라이트닝 볼트!"

"플레임 애로우!"

"클라우드 킬!"

번개와 불꽃의 화살이 비처럼 쏟아지고 독 구름이 뭉게뭉게 피어올랐다. 그러나 별 효력은 없었다.

릴스타인 왕국군 역시 마법병단이 있는 것이다. 그것도 적색의 릴스타인, 테라노어 최강의 마기언이 직접 양성한 강력한 마기언들로 구성되어 있다.

군대 후미에서 붉은 로브를 걸친 마기언들이 대응 마법을 읊어댔다.

"렐릭 배리어!"

"아쿠아 실드!"

"거스트 오브 윈드!"

수십 개의 마력 방패가 날아드는 마법 화살들을 모조리 쳐 냈다. 독 구름 역시 몰려온 질풍에 의해 사방으로 흩어져 버렸다.

릴스타인 마법 병단은 굳이 역공을 시도하지 않았다.

흉벽에 서 있는 백색 상아탑의 마기언들은 성벽 자체에 내재된 대마법 방어 결계의 보호를 받고 있었다. 직접 성벽을 넘어 장악하기 전엔, 마법을 날려봐야 마력 낭비일 뿐인 것이다.

그저 적의 마법이 날아들 때마다 해제하는 데만 전력을 다한다.

콰콰콰콰쾅!

하늘 높이 불꽃과 뇌전, 냉기와 독의 마법이 화려하게 터졌다. 난무하는 마법전 아래, 2,000의 군세가 어느덧 성벽 바로 밑까지 도달했다.

크림슨 나이츠의 움직임이 빨라졌다. 지금까진 군대의 진군 속도에 맞춰 일부러 천천히 이동했지만, 더 이상 그럴 필요가 없다.

"크아아!"

포효를 터뜨리며 하나둘 성벽 위로 몸을 날렸다. 릴스타인 왕국 병사들의 기세등등한 외침이 이어졌다.

"갈고리를 던져!"

"성벽을 넘어라!"

"기사님들을 따르자!"

"와아아아!"

릴스타인은 성벽 위로 뛰어오르는 크림슨 나이츠를 지켜보며 회심의 미소를 지었다.

창천기사단도, 브렌탈과 백호기사단도 발이 묶인 지금 저 병력을 막을 존재는 한정되어 있었다.

"자, 이제 바락 영감님이 나올 차례겠지?"

성벽 위로 뛰어오른 크림슨 나이츠 1인이 검을 뽑아 내려쳤다. 청색 투기강이 빛을 발했다.

"크아아아!"

그리고 또 다른 찬란한 투기강에 의해 가로막혔다.

쩌엉!

뒤로 튕겨져 나간 크림슨 나이츠가 도로 성벽 아래로 떨어졌다. 투기강을 두른 장검을 고쳐 쥐며 외팔이 중년 기사가 살기 가득한 외침을 터뜨렸다.

"어림없다, 이놈들!"

그를 본 순간 엔다윈이 놀란 표정을 지었다. 예상했던 이가 아니었다.

"하이어 말루프?"

과거 테오란트의 심복이자 백경기사단장이기도 한 초인급 소드하이어, 말루프.

아직 자국을 벗어나지 못했을 그가 이 머나먼 대륙 남쪽에 홀연히 나타났다.

＊　　　　＊　　　　＊

말루프의 반격 덕분에, 제일 처음 성벽을 오른 크림슨 나이츠는 허무하게 나가떨어졌다.

하지만 딱히 부상을 입었다거나 한 것은 아니다. 이내 균형을 잡고 재차 성벽 위로 날아오른다.

"크아아!"

그뿐 아니라 다른 크림슨 나이츠 역시 차례대로 동쪽 성벽 전체를 공격하기 시작했다.

40인이나 되는 초인급 소드하이어가 무지막지한 투기를 과시하며 몰려온다. 말루프가 무슨 무신급도 아닌데, 혼자서 이 넓은 성벽을 전부 막을 수 있을 리가 없다.

그러나 말루프는 당황하지 않았다. 그저 침착하게 자신의 위치를 고수하며 눈앞의 크림슨 나이츠에게만 정신을 집중했다.

"이곳에는 나만 있는 게 아니거든."

다른 쪽에서 두 명의 크림슨 나이츠가 성벽을 타고 올랐다. 그리고 오십 대의 중년 기사에게 바로 가로막혔다.

"섬멸기, 연환!"

반백의 황갈색 머리칼을 휘날리며 중년 기사가 두 적색 기사에게 연거푸 참격을 날린다. 섬세하면서도 파괴적인 연격이 백색 투기강에 실려 허공을 가른다.

엔다윈이 인상을 썼다. 역시 아는 얼굴이었다.

"하이어 바로스?"

반대쪽에서도 섬광이 솟구친다. 투기강은 아니다. 은은하게 빛나는 신성검이 선명한 궤적을 남기며 춤을 춘다.

초인급 소드하이어와 동급이라 평가받는, 백금위의 위계를 지닌 일월성신의 성전사였다.

"프레이어 호트렌까지……."

심지어 사국동맹의 소드하이어가 아닌 자마저 보였다.

날렵한 경장갑을 걸친 기사가 전신에 암흑을 두른 채 크림슨 나이츠 사이를 신출귀몰하게 움직인다. 그때마다 칠흑의 투기강이 어둠의 빛을 발한다.

"잠형기, 흑야!"

흔들리는 검은 머리칼 사이로 준수한 외모의 미남자가 얼굴을 드러냈다.

릴스타인이 멍한 표정을 지었다.

"저자는 베르패스가 아닌가?"

레비나의 최측근이었던 퀸즈 나이츠의 수장이, 적이었을 성 시한의 휘하에 나타난 것이다.

그는 나직이 중얼거리며 눈앞의 적색 기사들을 차분히 상대하고 있었다.

"…이것이 마지막이다. 이것으로 시한 님과의 은원을 모두 정리한다."

그뿐만이 아니었다.

사미드와 함께 테오란트의 직계 제자였던 하이어 란펠, 아칸트리아 자치령의 임시 영주인 하이어 네포스, 호트렌의 부관인 체이스와 청월기사단의 부단장인 테르달 등 사국동맹의 달인급 소드하이어와 황금의 위계를 지닌 프레이어들도 차례로 모습을 드러낸다.

"자리를 지켜라!"

"절대 적들을 성벽 위로 오르게 하지 마라!"

그들은 병사들을 지휘하며 앞장서 크림슨 나이츠를 막아냄으로써 상아탑 동쪽 성벽을 굳건히 방어하고 있었다.

엔다윈이 고개를 갸웃거렸다.

"어떻게 저들이 여기 있는 건지 모르겠군요. 시간이 안 맞을 텐데?"

레비나의 심복이었던 베르패스라면 모를까, 다른 이들은 종적을 파악하고 있었다.

말루프의 백경기사단, 호트렌의 청월기사단, 바로스의 흑사자기사단은 여전히 이동 중이다. 백색 상아탑에 도달하려면 며칠은 더 걸린다.

릴스타인이 실소를 흘렸다.

"생각해 보니 막상 본인들을 확인하진 않았군."

첩자들이 수집한 정보는 저 기사단들이 움직이기 시작했다는 것, 그리고 그 지휘관이 저들이라는 것이었다. 말루프나 바로스의 얼굴을 직접 보진 못했다.

직접 확인한 이는 현재 릴스타인 왕국 동부로 진군 중인 카렌 이나시우스뿐.

"확실히 백경기사단이나 청월기사단은 보이지 않아."

말루프도, 호트렌도 주위에 휘하 기사들이 없다. 본인들을 제외하면 성시한이 끌고 온 기존의 병력만으로 방어진을 꾸리고 있다.

엔다윈이 분노를 터뜨렸다.

"설마 휘하의 기사단을 버리고 단독으로 움직였단 말입니까? 그런 무책임한 짓을!"

믿고 따르는 부하들을 미끼로 쓰다니? 그런 이는 단장의 자격이 없다는 것이 이 고지식한 노기사의 믿음이었다.

"그렇기에 효과적이지. 실제로 우리도 속지 않았나?"

릴스타인은 쓴웃음을 지으며 어깨를 으쓱였다.

"제법 냉정한 판단을 내렸군."

그가 백색 상아탑에 총력전을 걸었으니 저게 기사회생의

한 수가 되었지, 일반적인 상황이라면 실로 무모한 짓이다.

만약 릴스타인이 상아탑이 아닌 다른 곳부터 쳐들어갔다면? 그렇게 장소를 선점한 뒤 성시한을 끌어들이는 방식으로 전쟁을 진행시켰다면?

지휘관과 부관급까지 몽땅 잃은 기사단은 제 기량의 반의 반도 제대로 발휘하지 못한다. 크림슨 나이츠 2, 3인만으로 깡그리 몰살당할 수도 있다.

그리고 그것은 곧 수천에 달하는 병사와 수만에 달하는 자국민의 피해로 이어지리라. 제대로 방어조차 못 할 테니까.

계획이 어긋날 경우 흐르는 피가 너무도 방대해지는 것이다. 정상적인 감정을 지닌 이라면 머리론 알아도 감히 시행하지는 못할 짓이었다.

의자에 몸을 기대며 릴스타인이 혀를 찼다.

"누가 이런 작전을 짠 건지 모르겠군. 시한이나 카렌이 떠올릴 방식은 아닌데……."

*   *   *

성시한이 아직 왕도 라텐셀에 머무르고 있었을 때의 일이었다. 켈테론과 대화하던 도중 카렌의 이야기가 나왔다.

"카렌도 함께 갈 거야. 위험한 건 알지만 어쩔 수 없지."

만약 일이 잘못되면 어떤 대가를 치러야 할지 모르는 바는 아니다. 그럼에도 릴스타인을 쓰러뜨릴 비장의 한 수를 위해, 그녀는 정체를 숨기고 몰래 시한 일행에 합류했다.

그런데 이 이야기를 들은 켈테론은 오히려 한술 더 떴다.

"이왕이면 아예 화끈하게 위험을 감수해 버리죠?"

각 기사단을 미끼로 써서, 초인급과 달인급 소드하이어까지 모조리 정체를 숨기고 함께 움직이자는 것이다.

"수뇌부만 이동하는 건 돈도 별로 안 들어갑지요. 헤헤."

당연히 성시한은 어이없어 했다.

"지금 예산이 문제가 아니잖아? 그러다가 일이 꼬이면 엄청난 피해가 생길 텐데?"

"그래도 시한 님이 쓰러지고 전쟁에 패하는 것보단 낫잖습니까?"

어떤 의미에선 켈테론도 릴스타인과 비슷하다. 인간 개인의 생명과 존엄성을 외면하고, 냉정하게 서류상의 숫자로만 인식해 결론을 내리는 것이 가능한 인간이다.

"물론 잘못되면 최소 3만에 가까운 피해가 생기겠습니다만, 그래도 이계구원자라는 구심점을 잃는 것보단 훨씬 싸지요."

"……."

섬뜩하기까지 한 켈테론의 말에 시한은 말문을 잃었다. 그러나 터무니없다며 무시할 수만도 없었다.

냉정은 곧 합리와 일맥상통하는 법이다. 저 제안을 따르면 시한과 카렌이 세운 작전도 성공률이 대폭 올라간다.

그야말로 하이 리스크, 하이 리턴의 도박.

"문제는 저 도박에 걸린 칩이 나 자신이 아니라, 수많은 죄 없는 이들의 목숨이란 점이야."

결코 쉽게 결정할 일이 아니다.

시한의 고뇌가 깊어질 때였다. 켈테론이 말을 이었다.

"정말 일 꼬여서 릴스타인에 의해 본국이 점령당할 것 같으면, 간단한 대처법이 있지요."

"있다고?"

"네."

단 한 마디로, 그는 저 하이 리스크를 간단하게 지워 버렸다.

"항복하죠."

"…항복?"

"무조건적으로 항복하면 릴스타인도 불필요한 살육은 일으키지 않을 것 아닙니까? 그 틈에 시한 님이 릴스타인이 있는 곳으로 이동하면 되죠."

"그다음엔?"

"입 싹 씻고 다시 전쟁하면 되죠."

성시한은 눈 하나 깜빡 안 하는 이 염소수염의 중년인을 보며 진심으로 감탄했다.

'…와, 이 인간 머릿속에는 정직이나 명예라는 단어가 존재하지 않는 건가?!'

하지만 저러면 분명히 리스크는 없어진다. 그리고…….

'아무리 릴스타인이라도 설마 사람이 저렇게까지 치사해질 수 있을 거라곤 미처 생각지 못하겠지?'

결국 시한은 제안을 받아들였다.

"그렇게 하지."

승낙이 떨어지자 켈테론은 바쁘게 움직였다.

하이어 바로스를 호출하고 테오란트 왕국과 이나시우스 교국에 연락하는 한편, 아칸트리아 자치령의 강자들도 끌어들였다.

네포스야 이미 친시한파가 되었으니 아무 문제가 없었다. 하지만 베르패스는 까다로웠다.

"저는 이미 은퇴하기로 했습니다, 켈테론 후작. 시한 님의 허락도 받은 일입니다만?"

레비나를 잃은 이후 무기력해진 그를 참전시키는 것은 쉬운 일이 아니었다. 금은보화나 권력, 영지 등으론 결코 움직이지 않으리라.

다행히 켈테론은 베르패스에게도 먹힐 패를 준비하고 있었다.

"이번에 참전하면, 퀸즈 나이츠의 반역자들을 사면해 주겠소."

반시한파인 퀸즈 나이츠의 부단장, 하이어 라이첼.

그는 결국 창천기사단에 토벌되어 목숨을 잃었다. 그리고 붙잡힌 부하들 역시 처형 날짜만 기다리고 있었다.

"아무리 시한 님이라도 자기 고집만으로 반역자들의 처형을 막을 순 없소이다. 하지만 명분이 있다면 충분히 가능하지. 그 명분을 만들어달라는 것이오."

외통수였다.

퀸즈 나이츠의 단장이었던 베르패스는 부하들의 목숨을 외면할 수 없었다.

그렇게 켈테론은 운신 가능한 모든 초인급과 달인급 소드하이어를 집결시켰다. 그리고 성시한 앞에서 자랑스레 선언했다.

"준비 끝났습니다요!"

*   *   *

정체를 드러낸 사국동맹의 강자들은 산개해 크림슨 나이츠의 공세를 계속해서 막아냈다. 이들의 활약 덕분에 상아탑의 병사들 역시 사기가 크게 올랐다.

"다 죽어버려!"

"크림슨 나이츠가 대수야?"

"우리에겐 대륙 전역의 강자들이 있다고!"

하지만 릴스타인은 신경 쓰지 않았다.

"그래봤자 패배가 조금 더 미뤄질 뿐이다."

켈테론이 테라노어 전역의 초인급과 달인급 소드하이어를 모두 모은 것은 사실이다. 하지만 그래봤자 그 숫자는 십여 명에 불과하다.

반면 동쪽 성벽을 공략 중인 크림슨 나이츠의 숫자는 무려 40인.

"어차피 상황은 바뀌지 않지."

그렇게 느긋하게 지켜보던 중이었다. 점점 릴스타인의 표정이 굳었다.

패배가 너무 미뤄지고 있었다.

"뭔가 이상하군요, 폐하."

엔다윈도 미간을 찌푸렸다.

지금의 크림슨 나이츠는 예전처럼 반쪽짜리가 아니다. 바락의 패왕기며 혁명 6영웅의 고유 투기술과 투기진까지 터득한 데다, 실전적인 공방도 가능하다.

저 정도면 엔다윈도 일대일로 승부를 장담할 수 없는 것이다. 아무리 테라노어의 강자들이 힘을 합쳐봤자 금방 수적으로 밀려야 정상이었다.

그런데 전혀 안 밀린다.

말루프, 베르패스, 호트렌 같은 초인급의 강자들은 무려 크림슨 나이츠 서너 명을 홀로 감당하고 있었다. 이제 갓 초인 급에 오른, 아직 투기진조차 터득하지 못한 하이어 바로스조차도 두세 명은 상대할 수 있을 정도였다. 달인급들도 한둘 정도는 어찌어찌 버텨내고 있다.

초인급의 경지에 오른 지 수년이 지난 엔다윈이 백중지세인데, 고작해야 달인급이 버티고 있다고?

전혀 말이 안 된다.

"그렇다고 그 거구의 기사처럼 실력으로 누르는 것도 아닙니다."

엔다윈은 이유를 찾아냈다.

완전체여야 할 크림슨 나이츠의 반응이 정상적이지 않았다. 분명히 제대로 된 검술을 펼치고, 제대로 된 공방을 유지하고 있는데 적과 부딪힐 때마다 맥없이 뒤로 나가떨어진다.

이건 전투 감각이나 검술의 문제가 아니었다.

"크림슨 나이츠의 투기 흐름이 계속 헝클어지는 탓이군요. 정상적으로 투기술을 운용하지 못하고 있습니다."

릴스타인이 눈을 동그랗게 떴다.

"어째서?"

다른 건 몰라도 지구인의 투기 운용만큼은 아무 걱정도 하지 않았다. 과거 성시한도 많은 약점이 있었지만 저것만은 완벽에 가까웠으니까.

'투기술을 완벽하게 재현할 수 있는데, 그 투기술 운용을 실

패하는 경우가 있나?'

성시한이 그토록 자주 입에 담았던 의문을, 릴스타인 역시 똑같이 내뱉었다.

"시한 녀석, 도대체 무슨 짓을 한 거지?"

*　　　*　　　*

말루프는 외팔로 검을 휘두르며 투기를 끌어 올렸다.

"염룡기, 용아(龍牙)!"

혁명 6영웅, 테오란트의 고유 투기술로 명성이 높았던 붉은 투기강이 크림슨 나이츠의 좌우로 쇄도했다.

그 위력은 실로 발군!

하지만 크림슨 나이츠는 간단히 패왕기로 공격을 막아냈다. 그 역시 동등한 초인급인 것이다.

투기강의 위력은 결코 떨어지지 않는다. 과거의 정보를 통해 실전 경험이 이식된 후라 검술 수준도 실로 높다.

그야말로 완벽에 가깝게 방어한 뒤 크림슨 나이츠가 반격에 나섰다.

"크아아아!"

말루프가 날아드는 투기강을 노려보며 한 번 더 검을 휘둘렀다.

"염룡기, 용아(龍牙)!"

이번엔 아까와 같은 기술이 아니었다. 아니, 기술 자체는 분명 동일하지만 그 속에 내재된 투기의 흐름이 틀렸다.

달랐다가 아니다. 정말로 투기 흐름을 일부러 틀리게 구사했다.

기존의 투기술을 응용해 다른 효과를 보이는 것이 아니라, 최선의 흐름을 무시하고 일부러 엉터리 투기술을 발동시킨 셈이다.

그럼에도 공격 자체는 충분히 위력적이었다.

초인급의 경지에 오른 말루프는 그에 걸맞은 깨달음을 지니고 있다. 설령 투기 운용의 순서가 바뀌더라도 기술의 본질을 깨닫고 있으니, 근본 원리에 입각해 위력을 내는 것이 가능하다.

"타아앗!"

말루프가 기합을 터뜨리며 상대의 어깨를 내려쳤다. 크림슨 나이츠 역시 푸른 투기강을 올려치며 정면으로 맞붙었다.

쩌어엉!

뇌성이 울리며 단 일격에 크림슨 나이츠가 수 미터 가까이 나가떨어졌다.

말루프가 처음 정체를 드러냈을 때와 같은 상황이었다. 초인급 소드하이어라고는 믿어지지 않을 만큼 간단히 밀려 버린 것이다.

말루프의 입가에 차가운 미소가 떠올랐다.

"역시……."

이는 그의 투기강이 갑자기 강해져서 생긴 현상이 아니었다.

오히려 정반대.

크림슨 나이츠의 투기가 헝클어지며 제대로 된 위력이 안 나온 것이다.

그렇게 상대를 밀친 뒤 그는 좌우를 힐끔거렸다.

'다른 쪽은 어떻지?'

다들 말루프와 비슷한 상황이었다. 베르패스도 바로스도 기존의 투기술 흐름을 일부러 뒤틀려 가며 크림슨 나이츠를 상대하고 있었다.

달인급인 란펠이나 네포스도 마찬가지. 프레이어인 호트렌도 신성검의 기류를 엉망으로 운용하며 공격을 이어가는 중이다.

자멸이나 다름없는 짓인데도 다들 밀리질 않는다.

고작 십여 명이, 40인이나 되는 크림슨 나이츠를 상대로 계속해서 공세를 끊고 전투를 이어간다.

말루프는 내심 감탄했다.

"정말 시한 님 말씀대로군."

그리고 어이없어 하며 눈앞의 적색 기사들을 바라보았다.

"이놈들에게 이런 말도 안 되는 약점이 있었을 줄이야……."

*　　　*　　　*

릴스타인의 새로운 크림슨 나이츠, 무신급 소드하이어의 정보를 접했을 때의 일이다.

그때 용병왕 바락은 현재 성시한의 경지에 대해 이렇게 평가했다.

사실은 끽해야 달인급 수준이라고. 단지 지구인의 특성상, 그 경지로도 무신급의 힘을 쓸 수 있는 것이라고.

시한은 납득하지 못했다.

"그, 그 정도는 아닌 것 같은데요?"

마법을 봉인하고, 투기량을 동일하게 제한한 상태에서 달인급인 제논과 대련도 자주 해봤다.

요새야 제논의 실력이 워낙 올라가서 영 힘들지만, 예전만 해도 전투 경험과 다양한 검술을 통해 오히려 제논을 압박하는 것이 가능했다.

제논의 육체 능력이 성시한보다 월등히 높다는 걸 감안하면 확실히 그의 실력이 우위였다.

"젝센가드를 상대할 때도 그렇게 힘들진 않았고요."

비록 게으름을 피웠을지언정 젝센가드는 테라노어에서 손꼽히는 강자였다. 그렇지만 당시의 시한은 초인급 수준의 투기량만 회복한 상태에서 어렵지 않게 이겨 버렸다.

"적어도 초인급의 실력은 된다고 생각했는데……."

억울한 듯한 성시한의 반박에 바락이 코웃음을 쳤다.

"누가 실력 없댔냐? 네 녀석 실력이야 그쯤 되지. 경력이 얼만데?"

"아까는 달인급이라면서요?"

"경지가 달인급이랬지, 전투 능력이라곤 안 했잖느냐?"

"…그게 그 소리 아니에요?"

"이거, 말로는 설명이 힘들겠구만."

바락은 여전히 이해하지 못하는 성시한을 보며 혀를 찼다. 그리고 자리에서 일어났다.

"따라오너라, 시한아. 대련 한판 붙어보자."

두 사람은 연무장으로 자리를 옮겼다. 장검을 겨눈 채 바락이 조건을 달았다.

"마법 금지, 무신기 금지. 투기량은 초인급까지로 제한한다. 나 역시 마찬가지다. 그 상태에서 마음껏 검을 휘둘러 보거라."

"좋아요."

시한은 디재스터를 뽑아 롱 소드의 형태로 바꿨다.

투기량을 동등하게 맞추고 마법도 봉인한다면 아무래도 바락을 이기긴 힘들 것이다. 하지만 쉽게 당할 생각도 없다.

'나도 지난 십 년간 노력했거든?'

두 사람이 몸을 날렸다. 푸른 투기강이 허공에서 얽히며 복잡한 궤적을 낳았다. 화려한 검무가 이어졌다.

과연 시한의 노력은 헛되지 않았다.

굳이 투기량으로 밀어붙이지 않아도 그간 갈고닦은 무술과 경험을 바탕으로 수준 높은 공방을 이어간다.

바락이 흐뭇한 듯 웃었다.

"그래, 실력은 확실히 초인급 이상이구나."

"실력이 초인급 이상이라면, 경지가 달인급인 건 뭔데요?"

바락이 의아해하는 시한을 향해 일검을 내려쳤다. 평범한 패왕기의 일격이었다.

"이런 거다."

성시한도 바로 반격했다. 강대한 투기가 일어나 공격을 걸어냈다.

순간 성시한의 표정에 당혹감이 떠올랐다.

"어?"

바락이 빙그레 웃었다.

"시한아, 투기량은 초인급까지로 제한해야지?"

지금 반격에 실린 투기는 바락보다 몇 배나 높은 수준이었다. 약속 대련의 조건을 어긴 것이다.

"시, 실수예요."

다시 공방이 이어졌다. 바락의 공격이 재차 날아들었다. 그리고 똑같은 현상이 이어졌다.

"어라라?"

분명 투기량을 제한하려고 해도, 이상하게 바락의 패왕기와 맞부딪히는 순간 저절로 여분의 투기가 일어난다.

"왜 이러지?"

이런 경험은 처음이었다. 다른 건 몰라도 투기술만은 십 년 전에도 완벽에 가깝게 제어할 수 있었다.

"표정을 보아하니, 대련은 이 정도면 될 것 같구먼."

　바락이 검을 거두며 물었다.

"어떤 느낌이더냐?"

　시한이 혼란스러워하며 대답했다.

"투기 흐름이 저절로 헝클어졌어요."

　바락의 패왕기를 맞받아칠 때마다 기맥을 타고 흐르던 투기가 제멋대로 흩어지며 엉뚱한 데로 향한다. 그때마다 본능적으로 여분의 투기가 그 자리를 대체하며 균형을 맞춘다. 그러다 보니 의식하지 않아도 저절로 투기를 끌어 올리게 된다.

　바락이 그 이유를 설명했다.

"내가 일부러 패왕기를 틀리게 운용했기 때문이다."

"엥? 그럼 패왕기가 발동되지 않아야 정상 아니에요?"

"그 질문이 나올 줄 알았지."

　바락은 허를 차며 고개를 절레절레 저었다.

"그래서 네 녀석의 경지만 보면 아직도 달인급이라는 게야."

　바락은 말했다.

"시한아, 네 실력은 확실히 늘었다. 실전이란 측면에서 보면, 딱히 투기량으로 누르지 않더라도 충분히 다른 소드하이어들과 자웅을 겨룰 수 있을 게다."

　현재 성시한의 무술적 기량은 분명히 높다. 적으로 돌아선

과거의 친구들도 이것만은 다들 인정했다.

완벽에 가까운 투기술의 운용을 바탕으로, 숙련된 검술을 펼치며, 다양한 방식으로 전투를 풀어간다.

"예전엔 그렇지 못했지. 너도 그 점은 알고 있지?"

"네."

검술은 부실했고 전투의 공방도 미숙했다. 그래서 막대한 투기량과 마력, 지구인 특유의 감각으로 모자란 부분을 메우며 싸웠다.

예나 지금이나 완벽했던 것은 투기술 운용밖에 없다.

"그럼, 네가 느끼기엔 십 년 전에도 네 투기술의 경지만은 충분히 높았을 것 같으냐?"

"그건 아니죠."

시한이 고개를 저었다. 바락이 되물었다.

"어째서 그리 여기느냐? 예나 지금이나 투기 운용은 똑같이 완벽하게 할 수 있었는데?"

"그게……."

성시한의 말문이 막혔다.

스스로도 알고는 있었다. 당시 자신이 투기술을 제대로 이해하지 못한 채 그냥 따라 하기만 했을 뿐이라는 건. 심지어 십 년이 지난 지금도, 바락의 패왕기는 여전히 절반 가까이 이해하지 못한 상태다.

"하지만 네 녀석의 패왕기는 사실 나와 큰 차이가 나지 않지."

투기술에만 한정하면, 예나 지금이나 성시한은 바락처럼 완성도 높은 패왕기를 구사할 수 있다.

"그렇다면 너나 나나 투기술의 경지만은 비슷하다는 의미가 아니겠느냐?"

"…그게 아니라는 건 알겠는데, 왜 아닌 건지를 모르겠네요."

바락은 아리송해하는 시한을 보며 너털웃음을 터뜨렸다.

"아니라는 걸 아는 것만으로도 지금의 네가 달인급은 된다는 소리다. 십 년 동안 놀지는 않았구나."

뒷짐을 진 채 그가 설명을 시작했다.

"보통 소드하이어들이 투기술을 익히는 순서는 이렇다."

먼저 투기를 감지하고, 운용법을 체득한 뒤, 기술의 기본 원리를 이해하고, 숙련도를 높이며 본질을 깨달아, 결국 완성된 기술로 승화시킨다.

"넌 이 중간 과정이 전혀 없지?"

투기술을 접하면 그냥 완성된 기술을 따라 한다. 그리고 그대로 재현해 버린다. 지구인이기에 가능한 반칙 같은 능력이다.

물론 테라노어인 중에도 타인의 기술을 그대로 재현하는 경우가 없진 않다. 실제로 바락 본인도, 어지간히 수준이 낮은 투기술은 한 번 보기만 하고 따라 할 수 있다.

"하지만 나와 너는 상황이 다르다. 나는 타고난 재능으로 저 모든 순서를 한 번에 통과해 버린 것이야. 너처럼 중간 과정을 생략한 게 아니라. 진정한 천재이기에 가능한 일이지, 후후후."

"…잘나셨어요, 아주."

시한은 눈을 흘겼다. 하지만 동시에 바락의 말이 이해가 될 것 같기도 했다.

서번트 증후군을 겪는 이들은 때로 범인이 이해하지 못할 엄청난 능력을 보이곤 한다. 개중에는 거대한 도시를 몇 번 본 것만으로 사진처럼 완벽하게 재현해 그리는 것이 가능하다.

그렇다 해서 그가 평범한 화가보다 미술에 대한 이해도가 높다고 할 수 있을까?

'그건 아니겠지.'

성시한의 투기술 습득 개념은, 비유하자면 대전 액션 게임과 비슷하다.

문외한이 펀치 버튼을 누르든 세계 대회 우승자가 펀치 버튼을 누르든 나가는 기술은 똑같다. 초짜라고 버튼 누를 때 기술이 실패한다거나, 숙련자라고 기술 위력이 더 높아지는 건 아니다.

과거의 성시한은 남들보다 월등히 체력이 높고 파워가 센 캐릭터를 조작한 셈이었다.

'그리고 지금의 난 여기에 경험까지 쌓여 조작 실력이 더욱

올라간 경우일까?'

바락의 목소리가 이어졌다.

"한 번 보고 완벽하게 따라 한다는 건 물론 신의 축복이나 다름없는 대단한 능력이다. 하지만 세상일은 동전의 양면과 같아 모두 장단점이 있는 법이란다."

보기만 해도 쉽게 따라 할 수 있기에 굳이 투기술의 원리를 이해하거나 본질을 파악할 필요가 없었다. 마치 버튼을 눌러 게임 캐릭터의 기술을 사용하는 것처럼, 그냥 자동으로 되니까 투기술을 운용하고 발동했다.

"너는 실패로부터 배울 기회가 없었어."

그래서 바락의 엉망진창 패왕기에 계속 휘말리는 것이다.

무술과 마찬가지로, 투기술 역시 상대와의 전투를 상정해 완성되었다. 길거리의 펀치 머신 때리는 짓을 무술이라고 하진 않는 것처럼, 모든 투기술의 형태엔 공격과 방어가 기본적으로 정립되어 있다.

그 정립된 이치를 이해하지 못한 채 그저 흐름만 완벽하게 따라 하니, 상대가 원리에서 벗어난 방식으로 밀어붙이면 제대로 대응하지 못하고 투기가 헝클어져 버린다.

"아마 네가 초인급에 머물러 있었다면 헝클어진 흐름을 제대로 바로잡지도 못했을 게다. 시행착오를 겪을 일이 없었을 테니까."

무신급까지 오른 덕에, 불완전하게나마 기술의 이해도가 생기고 원리를 파악한 후라서 여분의 투기로 균형을 바로잡을 수 있었다는 것이 바락의 설명이었다.

"아, 그럼 무신급은 뭐가 다른 건가요?"

"무신기는 너도 완벽하게 따라 하질 못하잖느냐?"

무신기만은 수없이 연습하고 고뇌하고 실패해 가면서도 제대로 완성시키지 못해 하향된 상태로 터득해야 했다.

"그것이 네 복이다. 뒤늦게라도 시행착오를 통해 본질을 파악할 기회를 얻었으니까."

시한 입장에선 참 아쉬운 일인데 바락은 오히려 그것이 잘된 것이라 말하고 있었다.

"내 말하지 않았느냐? 세상일은 모두 장단점이 있다고."

무신기마저 쉽게 복사할 수 있었다면 영원히 투기술의 근본 원리엔 접근도 하지 못했을 것이다. 어쩌면 오히려 지금보다 약해졌을 수도 있겠지.

"시한아, 남들은 종자급부터 천천히 겪는 시행착오를 네 녀석은 무신급에 들어서야 겨우 접했다. 그래서 깨달음의 경지는 아직도 달인급에 머물러 있는 게야."

무신급의 능력, 초인급의 기량, 달인급의 경지.

"예전보단 나아졌지만 여전히 밸런스가 엉망이지."

"…그렇군요."

성시한은 멍하니 고개를 끄덕였다. 그리고 의아해하며 물었다.

"그런데 초인급이던 시절에도 딱히 제게 이런 약점이 있는 줄은 몰랐는데요?"

무신급에 오르기 전에도 무수한 적들과 싸웠던 시한이었다. 그 많던 적들 중 이 약점을 알아차린 이는 한 명도 없었다. 가족처럼 지낸 혁명 6영웅조차도 이 점은 전혀 눈치채지 못했다.

"제가 싸우는 걸 본 사람이 한둘이 아닌데, 어떻게 아무도 알아차리지 못했을까요?"

"당연히 못 알아챘겠지. 겉으로는 누가 봐도 완성된 투기술로밖에 안 보이는데?"

저건 일부러 엉터리 투기술로 맞붙어보기 전엔 드러나지 않는 약점이다. 그리고 단순히 투기를 변칙적으로 컨트롤하는 정도로는 엉터리라 할 수 없다. 그건 그냥 수준 높은 응용일 뿐이다.

투기술 자체가 실패할 정도로 기존 원리에서 벗어나야 하는 것이다.

저 상태로도 바락이 투기술을 발동시킬 수 있었던 것은, 그가 원리를 넘어서 본질을 파악할 정도로 깨달음의 경지가 깊기 때문이었다.

"그런데 세상에 자기 목숨이 걸린 상황에서 자신보다 투기량도 높은 괴물 같은 적을 상대로, 일부러 투기 흐름을 헝클어뜨려 상대의 빈틈을 노려보겠다는 미친놈이 있을 것 같으냐? 최선을 다해도 모자랄 판인데?"

"세상은 넓고 미친놈은 많다면서요? 저런 미친놈이 없으리란 법도 없잖아요?"

"칼밥 먹는 놈이 저런 식으로 미쳤는데 오래 살 수 있겠냐? 보통은 종자급을 벗어나기도 전에 칼 맞고 죽지."

"윽, 그건 반박 못 하겠네요."

"나도 네 녀석을 직접 가르쳐 봤으니 알게 된 거지, 보통은 모르는 게 정상이다. 그리고 사실 지금의 네게는 별문제도 아닐 게야."

부족하나마 이제는 성시한도 투기술의 이해도가 생겼다. 상대가 저런 식으로 나와도 잠깐 흔들릴지언정 바로 균형을 되찾을 수 있다.

그런데도 바락이 굳이 훈계한 이유는 따로 있었다.

"자만하지 말고, 스스로의 부족함을 깨닫고 더욱 정진하거라, 시한아. 넌 분명 강하지만 무적은 아니다."

그는 뒷짐을 진 채 근엄하게 말을 맺었다.

"모자람을 아는 이만이, 자신의 모자람을 채울 수 있는 법이니라."

"네……."

시한은 고민하는 표정으로 말끝을 흐렸다. 그 모습을 보며 바락은 부드럽게 웃었다.

'간만에 스승다운 짓을 했구먼. 운이 좋으면 이걸로 이 녀

석도 뭔가 깨닫는 것이 있겠지.'

확실히 뭔가 깨닫기는 한 모양이었다.

"가만……"

갑자기 성시한이 눈을 빛냈다.

"그러니까 예전의 저한테 이런 약점이 있었다는 거죠?"

단지, 그 방향성이 바락이 기대했던 것과는 전혀 달라서 문제지만.

"그러면 다른 지구인들에게도 똑같은 약점이 있겠네요?"

＊　　　＊　　　＊

우연히 알게 된 자신의 약점.

성시한은 이를 크림슨 나이츠의 약점으로 포장해 모인 소드하이어들에게 전했다.

"확실한 건 아닙니다. 이 수법이 100퍼센트 통할 거란 보장은 없어요. 그러니 일단 시도해 보고, 아니다 싶으면 바로 원래대로 싸우세요."

시한의 예측은 틀리지 않았다. 덕분에 사국동맹의 초인급과 달인급 소드하이어들은 수적 불리함을 이겨내며 팽팽한 국면을 유지하고 있었다.

워낙 혼전이라서 릴스타인이나 엔다윈은 미처 못 알아챈 사실이지만, 창천기사단과 브렌탈의 백호기사단 역시 마찬가지였다.

아무리 브렌탈이 지휘를 잘하고 제논이 전투 센스가 좋다 해도 백호기사단만을 대동하고 초인급 소드하이어 7명을 상대하는 건 어불성설이다. 이들의 저 놀라운 활약에는 이런 비밀이 숨어 있었던 것이다.

전황을 지켜보던 엔다윈의 표정이 점점 더 굳어갔다.

"도무지 상황을 이해할 수가 없군요, 폐하."

그래도 릴스타인은 대충 짐작하고 있었다. 정말로 '대충'일 뿐이었지만.

'지구인에게만 통하는 특별한 투기술이라도 개발한 건가?'

정황상 추리할 수 있는 건 이 정도가 한계다.

고민하던 그가 뒤를 돌아보았다.

"준비하게, 하이어 엔다윈. 홍룡기사단이 나서줘야겠어."

지구인이 영 힘을 못 쓴다면, 테라노어인을 내세우면 된다.

엔다윈이 당황하며 되물었다.

"예? 하지만 저희가 출진하면 폐하를 호위할 인원이 부족해집니다만……."

"그것도 감안한 것이다."

왕의 단호한 대꾸에 그는 안도했다.

그가 아는 릴스타인은 결코 무리하지 않는다. 뭔가 무리한 일을 시킨다면 반드시 이유가 있다.

"명을 받들겠나이다."

반백의 노기사가 망토를 휘날리며 위풍당당하게 막사를 나섰다. 홀로 남은 릴스타인이 다시 빛의 화면으로 시선을 돌렸다.

"이거 참, 예상 밖의 접전인데."

상아탑을 둘러싼 임시 성벽, 그 삼면의 전선은 여전히 고착 상태였다. 벌써 상당히 시간이 지났음에도 어느 쪽도 밀리지 않고 팽팽한 결전을 이어간다.

"원래는 바락이 등장하면 그때 선보일 생각이었지만……."

화면이 바뀌며 전장의 일부를 비췄다. 소드하이어들의 대결이 아닌, 일반 병사들이 목숨 걸고 창칼을 주고받는 피투성이의 대지가 보인다.

"이렇게 된 이상 순서를 좀 바꿀 수밖에."

릴스타인이 그곳을 가리키며 사념파를 보냈다.

"네 차례다, 엡실론."

*　　　*　　　*

백색 상아탑의 남쪽 성벽.

바락은 흉벽 안쪽에 몸을 숨긴 채 전황을 계속 살피고 있었다.

성시한이 크림슨 나이츠에 대한 대책을 세우긴 했지만, 그

것이 정말 통할지 어떨지는 써먹어보기 전엔 모른다. 그래서 혹여 일이 잘못될 경우 바로 나서서 피해를 최대한 줄일 생각이었지만······.

'아직 내가 나설 필요까진 없겠군.'

여기서 바락까지 나서면 성벽 방어는 좀 더 수월해질 것이다. 그러나 그는 일부러 대기 상태를 유지하고 있었다.

'릴스타인 휘하엔 무신급 소드하이어가 있지.'

그리고 릴스타인 역시 백색 상아탑에 용병왕 바락이 있다는 사실을 안다.

만약 바락이 먼저 모습을 드러내 성벽 남쪽에서 전투를 벌이기 시작한다면?

그때 동쪽이나 서쪽에 릴스타인의 무신급 소드하이어가 출몰하면 아무도 막을 수 없다. 바로 뚫려 버리겠지. 뒤늦게 바락이 그를 막더라도 이미 성벽 일부를 빼앗겼을 테니 상당히 불리한 처지가 된다.

방어하는 입장에선, 상대가 모습을 드러내기 전까진 되도록 이쪽도 움직이지 않는 쪽이 유리한 것이다.

물론 어디까지나 팽팽한 국면을 유지하고 있을 때의 이야기다. 아군이 계속 밀리고 있는데 바락 혼자 대기하고 있어봤자 의미가 없다.

다행히 사국동맹의 소드하이어들은 훌륭히 성벽을 방어하고 있었다.

바락은 접전이 이어지는 전장을 살펴보다 문득 떨떠름한 표정을 지었다.

"으이그, 시한이 이놈……."

계획이 들어맞은 건 좋은 일이었지만, 마냥 유쾌하지만도 않다.

"기껏 제 실력 키우라고 잔소리 좀 했더니, 그걸 남 실력 깎는 수법에 써먹냐?"

어째 요령 피우는 솜씨만 더 느는 것 같달까? 하지만 결과가 좋으니 뭐라 하지도 못하겠고.

"하여튼 말은 지지리도 안 들어, 에잉."

그렇게 투덜대던 중이었다.

바락의 눈빛이 바뀌었다.

"음?"

상아탑 서쪽, 브렌탈과 백호기사단이 전투를 벌이는 전장에서 갑자기 황금빛 기둥이 솟구쳤다. 바라보기만 해도 오금이 저릴 가공할 기세가 사방으로 퍼졌다.

"헉?"

"무신급 소드하이어다!"

"소, 소문이 진짜였어!"

당황한 백호기사들이 대열을 벗어나 흩어지기 시작했다.

그 사이로 붉은 갑주의 기사가 천천히 걸음을 옮긴다. 좌우를 훑어보며 의미심장한 한마디를 중얼거린다.

"무신기, 십이지검!"

찬란한 열두 자루의 광검이 푸른 하늘 아래 빛을 발했다.

검을 뽑아 들며 바락이 성벽 아래로 몸을 날렸다.

"드디어 기어 나왔구나, 이놈!"

한 줄기의 섬광이 빠르게 대지를 가른다.

높은 성벽을 단숨에 내려와, 땅을 박차고 다시 날아오르며 순식간에 상아탑 서쪽 전장에 도달한다.

목표는 전장 한복판에 서서 황금의 투기를 발하는 적색 갑옷의 기사.

그를 향해 바락이 검을 뻗었다.

"무신기, 팔방지검!"

다양한 빛의 광검이 수십 미터의 거리를 날아들어 상대를 덮쳤다. 적색 기사 역시 투기를 끌어 올리며 반격했다.

"타아앗!"

현란한 빛의 궤적이 하늘을 가득 수놓았다. 궤적이 겹칠 때마다 무자비한 폭음이 지축을 뒤흔들었다.

콰콰콰쾅!

폭연 속에서 용병왕 바락이 걸음을 옮겼다.

주위에 팔방지검을 두른 채 적색기사를 향해 살기 어린 미소를 드러낸다.

"자, 그럼 어디 실력을 좀 볼까?"

　　　　*　　　　*　　　　*

　팔방지검과 십이지검이 충돌한 여파는 무려 릴스타인이 머무르는 본진의 막사까지 미치고 있었다.

　우르릉……

　릴스타인은 미세하게 흔들리는 땅바닥을 내려다보며 혀를 내둘렀다.

　"저 영감님은 늙지도 않나? 슬슬 90살쯤 되지 않았어?"

　그런데도 십 년 전에 비해 전혀 약해지지 않은 듯하다.

　"뭐, 그렇다고 딱히 더 강해진 것도 아닌 것 같다만."

　어쨌거나 계획대로는 아니지만 일단 용병왕 바락을 끌어냈다.

　"그렇다면……"

　문득 그는 자신의 등 뒤를 돌아보았다. 백색 상아탑 쪽이 아닌 전혀 엉뚱한 방향이었다.

　평범한 숲과 초원으로 이루어진 능선 주위의 산과 들판들.

　릴스타인이 그것들을 전체적으로 훑으며 나직이 중얼거렸다.

　"이쯤 판을 깔았으니, 슬슬 시한이 움직일 때가 됐는데?"

　　　　*　　　　*　　　　*

엡실론은 진지한 눈빛으로 눈앞의 잘생긴 노인을 바라보았다.

열두 자루 광검을 띄운 채, 손에 쥔 장검을 가슴 위로 세우며 엄숙히 말한다.

"릴스타인 폐하의 충성스러운 기사, 엡실론이오. 명성 높은 용병왕과 대결하게 되어 영광으로 생각하오."

순간 바락의 눈이 휘둥그레졌다.

"어? 이놈이 말도 하네?"

그것도 알아듣지 못할 지구의 언어가 아니었다. 능숙한 아스틴어였다.

엡실론이 불쾌하다는 어조로 반문했다.

"…사람이 말을 하는 것이 그리 신기한 일이오?"

"그야 다른 놈들이랑 비교하면……."

어쩐 말투를 보아하니, 엡실론은 바락이 왜 놀라는지도 모르는 눈치다.

"너, 혹시 다른 빨간 놈들 만나본 적 없냐?"

"그대가 칭하는 빨간 놈들이 다른 크림슨 나이츠라면, 아직 그럴 기회가 없었소."

"일단 왜 모르는지는 알겠다만……."

이 엡실론이란 기사는 분명히 이성을 지니고 있었다. 인형이나 다름없던 다른 지구인들과는 확연히 달랐다. 방금 취한 동작 역시 테라노어의 기사도에 충실한 예법이었다.

'이놈, 혹시 지구인이 아닌 건가?'

바락이 슬쩍 팔방지검을 기울여 상대에게 겨누며 물었다.

"엡실론이라고 했나? 대체 어디서 뭐 하던 놈이냐?"

엡실론의 십이지검 역시 서서히 기울었다. 바락의 움직임에 바로 대응하는 것이다.

"모르오."

그 상태로 차분하게 대꾸한다.

"나에겐 기억이 없으니까."

기억이 없다는 인간치곤 지나치게 태연자약한 목소리였다.

"자신이 누군지도 모른다는 게 그렇게 대수롭잖게 넘어갈 일은 아닐 텐데?"

"난 내 자신이 릴스타인 폐하의 충실한 기사라는 걸 알고 있소. 그 외의 것들이 무엇이 중요하겠소?"

"보통은 중요하거든? 이거 웃긴 놈일세……."

바락은 황당해하며 엡실론을 찬찬히 살폈다.

"그래, 기억이 없다는 놈이 내가 용병왕인 줄은 또 어떻게 알았고?"

"기억이 없다 하여 태양과 달의 존재를 모르겠는가? 과거를 잊었다 하여 검과 명예를 잊을 수 있겠는가?"

엡실론은 고풍스러운 표현까지 써가며 당당히 대꾸했다.

"내 자신은 잊었으되, 세상의 상식조차 잊은 것은 아니외다."

"아, 물론 기억상실이란 게 원래 그런 식이긴 한데……."

워낙 오래 산 덕분에 그 희귀하다는 기억상실 증세도 몇 번 접해본 바락이었다.

기억을 잃었다 해서 상식마저 사라지는 것은 아니다. 인간의 기억은 그런 식으로 지워지지 않는다.

'그런데 지구인이 테라노어의 상식을 알 리가 없잖아? 지구의 상식이면 모를까.'

그렇다면 이자는 지구인이 아니라 테라노어인인 걸까?

잠깐 고민한 바락은 확인해 보기로 했다. 그가 과연 테라노어 말고 지구의 상식도 알고 있는지에 대해서.

쉽게 확인할 방법이 있었다.

상대방을 노려보며, 가운뎃손가락을 힘차게 들어 올리면서, 성시한이 내뱉었던 한국어를 똑같이 외쳐준다.

"Jot—kka!"

그러자 엡실론의 표정이 일그러졌다.

"용병왕 바락! 비록 적으로 조우했으나 난 그대를 무인의 길을 앞서 걷는 선배로 예우하고 있었소. 그런 내게 이런 모욕을 주는 것이오?!"

"어?"

모욕인 줄 알고 있다. 그것도 제대로 이해하고 흥분하고 있다.

테라노어인이라면 보일 리 없는 반응이었다. 설사 이 욕설의 의미를 알고 있다 해도, 평소 익숙하지 않다면 저렇듯 바로 반응이 나오진 않는다.

'이놈 대체 뭐야?'

바락이 인상을 쓰며 물었다.

"대체 네놈은 지구인이냐, 아니면 테라노어인이냐?"

"내 알 바 아니오. 중요하지도 않고."

표정을 보니 정말 별거 아니라고 여기는 듯했다.

"중요한 것은 기사의 명예와 충성의 맹세뿐!"

엡실론의 전신에서 황금빛 섬광이 뿜어져 나온다. 십이지검이 회전하며 회오리처럼 솟구친다.

"용병왕 바락! 릴스타인 폐하의 명에 따라 그대를 쓰러뜨리겠소!"

바락도 바로 반응했다.

패왕기를 팔방지검에 실어 복잡한 투기의 흐름으로 바꾼다. 바락의 주위에도 황금빛 소용돌이가 일어난다.

"일단 무릎 꿇린 뒤에 마저 알아봐야겠구나!"

두 사람이 동시에 몸을 날렸다. 섬광과 섬광이 서로 충돌했다.

콰콰쾅!

굉음과 함께 수십 자루의 광검이 어지러이 허공을 수놓기 시작했다.

*　　　*　　　*

십이지검이 매끄러운 곡선을 그리며 바락에게 쇄도해 갔다. 팔방지검을 운용해 그 역시 공세에 맞섰다.

다양한 형태의 여덟 자루 광검이, 강하지만 단순한 십이지검을 오히려 압박해 간다. 정면의 충돌은 피하고 흘리고, 비켜내고, 위력을 죽이며 오히려 상대의 본체를 노려간다.

엡실론의 안색이 점차 굳어갔다.

"으음……."

광검의 숫자는 십이지검이 더 많음에도 오히려 밀리고 있었다. 하나하나가 독립적인 공격 형태를 취하는 팔방지검에 비해 엡실론의 십이지검은 공격 패턴이 단순한 것이다.

광검 하나로 엡실론의 광검 두셋을 동시에 쳐내며 바락은 간단히 십이지검의 공격권을 파고들었다.

"제법이긴 하다만, 이 기술은 나도 꽤 익숙하거든?"

엡실론의 십이지검은 성시한의 기술과 거의 다르지 않았다. 바락 입장에선 눈 감고도 응수할 수 있을 정도로 익숙한 상황이었다.

바락이 황금빛으로 물든 장검을 화려하게 휘두르며 짧은 외침을 이었다.

"패왕기, 현란!"

엡실론의 좌우를 노리고 날카로운 연격을 퍼붓기 시작한

다. 동시에 팔방지검 역시 현란의 궤적에 따라 십이지검을 압박해 간다.

엡실론도 쉽게 당하지는 않았다. 마찬가지로 패왕기를 끌어 올리며 맞섰다.

"패왕기, 현란!"

바락이 코웃음을 쳤다.

"감히 내 앞에서 패왕기를 쓰는 것이냐!"

팔방지검과 십이지검, 패왕기와 패왕기가 서로 충돌했다. 하늘과 땅, 양쪽에서 빛의 파문이 쉴 새 없이 터져 나왔다.

콰콰콰쾅!

무신급 소드하이어끼리의 대결쯤 되면 어지간한 자연재해에 필적한다.

무자비한 파괴의 여파가 반경 수십 미터를 무차별적으로 덮쳐갔다. 주위에서 싸우던 양군의 기사와 병사들이 기겁해 소리를 질렀다.

"으윽!"

"피, 피해!"

"거리를 더 벌려!"

"저런 데 휘말려 죽으면 진짜 개죽음이다!"

어느새 바락과 엡실론 주위로 커다란 공터가 생성되었다. 주위에 거칠 것이 없어지자 두 사람 역시 더더욱 투기의 위력을 높였다.

수십 자루의 광검이 쉴 새 없이 서로를 노리며 허공을 가른다.

황금빛에 감싸인 두 무신이 연달아 붙고 떨어지기를 반복하며 공방을 이어간다.

뇌성과 굉음 속에서 바락은 계속해서 엡실론을 압박했다. 엡실론이 솔직한 감탄을 터뜨렸다.

"과연 용병왕! 실로 무신이라 불리기에 부족함이 없는 강함이구려!"

바락이 쓴웃음을 지었다.

"크림슨 나이츠가 저렇게 멀쩡한 소릴 하니 영 어색하구만."

점점 바락의 기세가 높아진다. 공방의 천칭 역시 그를 향해 기울어간다.

그러자 엡실론도 본격적으로 나섰다.

"타아아앗!"

우렁찬 기합을 터뜨리며 그는 한 번 더 투기를 끌어 올렸다. 이제까지와는 비교도 안 되는 막대한 기운이 빛의 형태로 갈무리되어 엡실론의 검과 육체에 깃들었다.

'투기가 더 늘었어?'

바락의 표정에 여유가 사라졌다.

"어디, 이것도 받아봐라!"

팔방지검에 정신을 집중하며 그는 몸을 날렸다. 광검의 무리와 바락의 본체가 동시에 빗살처럼 엡실론을 덮쳤다.

"패왕기, 관천!"

기겁한 엡실론이 십이지검을 자신의 주위에 두른 뒤 맹렬히 회전시켰다. 아홉 줄기의 섬광이 빛의 소용돌이를 강타했다.

콰아아앙!

거대한 폭발이 이어지며 광풍이 불었다. 사방으로 대지의 파편들이 화살처럼 쏟아졌다.

파편의 빗속에서 바락이 주춤거리며 뒤로 물러났다.

"큭, 못 뚫겠네."

딱히 엡실론이 엄청난 기술로 그의 공격을 튕겨낸 것은 아니었다. 그냥 십이지검의 회전력이 너무 강했다.

엡실론의 투기량은 거의 인간의 한계치에 도달해 있었다. 성시한과 필적하는 것이다.

뭐, 대충 짐작하긴 했지만 그래도 눈앞에서 마주하고 보니 역시 입맛이 쓰다.

'그나마 다행인 건 투기술의 경지만은 그 녀석만 못하다는 건가.'

몇 번 검을 섞어보니 알 수 있었다.

엡실론은 성시한과 달리 소드하이어의 경지가 꽤나 낮았다. 기껏해야 투사급이나 기사급 정도?

검술이나 전투를 끌어가는 능력 역시 시한만 못하다. 숙련된 검술을 펼치고 있고 실전 경험도 상당한 것 같지만, 산전수

전 다 겪은 현재에 비하면 확실히 수준이 떨어진다.

'그렇군, 딱 십 년 전 녀석일세.'

혁명전쟁 말기, 이계구원자라 불리기 시작한 당시의 성시한과 비슷한 느낌이다.

그렇다면 어느 정도 바락에게도 승산이 있다. 허점이 존재하던 시절이니까.

'뭐, 그것도 이 녀석이 마법을 안 쓸 때의 이야기지만.'

고룡 글레이네프를 처치한 시점에서, 소드하이어로의 경지만 따지면 레비나가 성시한보다 강했다.

그런데도 패했다. 성시한은 플로어 마스터이기도 했으니까.

엡실론이 시한처럼 9층 마법조차 펑펑 써댈 수 있다면 바락 역시 승산은 별로 없는 것이다.

'그런데 마법을 못 쓰는 건지 안 쓰는 건지를 모르겠단 말이지?'

만약 엡실론이 플로어 마스터의 힘마저 지니고 있다면 언제 예상치 못할 마법이 튀어나올지 모르니 항시 조심해야 한다. 하지만 그것만 신경 쓰다간 결코 승기를 잡을 수 없다.

팔방지검을 재차 허공으로 띄우며 바락이 혀를 찼다.

"쭛, 쉽지 않은 싸움이겠구나."

그리고 재차 투기를 끌어 올리며 살기 어린 눈빛을 발했다.

"하긴, 처음부터 쉬울 거란 생각은 하지도 않았다만."

*　　　*　　　*

상아탑의 방어선은 아직도 고착 상태에서 빠져나오지 못하고 있었다.

십여 명의 사국동맹 소드하이어와 40인의 초인급 크림슨 나이츠.

벌써 전투가 시작된 지 한참이 지났음에도 양쪽 모두 사망자가 없었다. 몇몇 부상을 입은 이들도 있었지만 치명적인 상처는 아니었다.

그럴 이유가 있었다.

"크, 이 수법이 좋긴 한데 문제가 있군!"

베르패스는 크림슨 나이츠를 상대하며 인상을 썼다.

엉터리 투기술로 공격한 덕분에 크림슨 나이츠의 투기술 운용을 크게 약화시킬 수 있었다. 그런데 투기 흐름이 엉터리이다 보니 베르패스 역시 제 위력을 내기가 힘들다.

원래대로라면 실패해야 정상인 것을, 근본적인 원리 이해를 통해 억지로 발현시킨 투기술이다. 아무래도 제 위력이 나와 주지는 않는다.

즉, 서로 치명적인 공격을 하지 못한 채 싸우고 있는 것이다. 의도치 않게 약속 대련의 양상이 된 셈이다.

그나마 창천기사단이나 제논 같은 경우는 실력상의 우위로 몇몇 크림슨 나이츠를 벨 수 있었지만, 성벽 동쪽 방어선은 지

루한 전투가 이어지고 있었다.

그 광경을 지켜보던 릴스타인이 나직이 중얼거렸다.

"다음 순서로 넘어갈 때가 됐군."

릴스타인 왕국군 본진에 두 개의 깃발이 솟구쳐 올랐다. 동시에 군대가 움직였다.

왕을 보호할 1,000여 명의 군세만을 남긴 채, 릴스타인 왕국군의 총전력이 모조리 상아탑 동쪽을 향해 진군하기 시작한다.

또한 릴스타인은 바락과 엡실론의 전투 쪽도 염두에 두고 있었다.

"이제 시한 녀석도 끄집어내야지?"

사념파가 허공을 갈랐다. 그의 의지가 막사 밖에 대기하고 있던 기사에게 전달되었다.

[네 차례다, 델타.]

검은 머리에 덥수룩한 수염을 기른 거한이 검을 뽑아 들며 외쳤다.

"명에 따르겠나이다, 나의 왕이시여!"

이내 황금빛 광채가 사방으로 퍼져 나갔다. 델타라고 불린 거한에게서 뿜어져 나온 빛이었다.

본진의 병사들이 당황하며 시선을 옮겼다.

"엥?"

"무신기의 빛?"

"그분은 저기서 용병왕이랑 싸우고 있는데?"

"맙소사! 무신급이 또 있었어?"

델타는 엡실론이나 다른 크림슨 나이츠처럼 붉은 갑주를 걸치고 있지 않았다. 다른 기사들과 구별이 가지 않는 평범한 회색빛 갑주 차림이었다. 덕분에 릴스타인 왕국군조차도 그의 정체를 전혀 모르고 있었다.

"허업!"

델타가 몸을 날렸다.

본진을 떠나 무시무시한 속도로 눈앞의 전장을 향해 질주한다. 목표는 여전히 수십 차례나 검을 섞으며 필사적으로 싸우고 있는 바락과 엡실론, 접근하는 또 하나의 거대한 기운을 느끼며 바락이 인상을 썼다.

"젠장, 역시 무신급이 한 놈이 아니었나?"

두 명의 무신급 소드하이어를 바락 혼자 상대하는 건 불가능에 가깝다. 철저히 방어 일변도로 돌아선다 해도 그리 오랜 시간을 버틸 수는 없을 것이다.

이렇게 되면 성시한이 직접 나설 수밖에 없다.

'적어도 릴스타인은 그렇게 생각하겠지. 일단 계획대로이긴 한데……'

바락은 식은땀을 흘렸다. 일이 잘 풀린 셈이지만 좋아할 기분 따윈 전혀 들지 않았다.

왕년의 이계구원자 두 명을 동시에 상대하게 생겼는데 웃음이 나올 리가 있나?

'얼마나 시간을 끌 수 있을지 모르겠군.'

*　　　　*　　　　*

백색 상아탑 인근 능선에 위치한 릴스타인 왕국군 본진.

그로부터 조금 떨어진 작은 숲에 세 남녀가 몸을 숨긴 채 전황을 지켜보고 있었다.

흑발의 청년이 긴장한 얼굴로 연신 수풀 너머를 바라보더니 쾌재를 올렸다.

"좋아, 드디어 움직였다!"

청년, 성시한은 몸을 일으켰다.

"우리 차례야, 카렌, 알리타."

그리고 등 뒤를 돌아보며 물었다.

"둘 다 준비됐어?"

은빛 중갑을 걸친 백금발의 소녀와 크론 리자테의 전투복을 걸친 흑발의 여인이 긴장한 얼굴로 고개를 끄덕였다.

"네, 시한."

"준비됐어요."

성시한이 디재스터를 뽑아 들었다.

"단순한 성동격서쯤은 릴스타인도 충분히 예상했겠지."

검을 클레이모어의 형태로 바꾼 뒤 양손으로 고쳐 쥔다.

"그러니 이런 식으로 간다."

동시에 전신의 투기를 한꺼번에 폭발시키듯 끌어 올리며 모든 정신을 집중한다.

"파천기!"

우렁찬 기합과 함께 눈부신 푸른빛이 숲 전체로 뻗어져 나갔다.

"타아아앗!"

대지가 흔들린다. 구름이 갈라진다. 뇌성이 울려 퍼지고 쉴 새 없이 부는 광풍이 숲 전체를 뒤흔든다.

어마어마한 기운이었다.

그야말로 천신 강림이라고 해도 지나치지 않는 광경!

'따지고 보면 되게 쓸데없는 특수 효과지만 말이지.'

성시한은 내심 실소하며 클레이모어를 들어 허공을 찔렀다. 십 미터가 넘는 도룡기가 숲을 관통해 솟아올랐다.

그 찬란한 빛이 의미하는 바는 실로 명확했다.

나는 여기 있다, 릴스타인!

Chapter 2

이계의 무신

능선 너머 펼쳐진 숲의 하늘 위로 푸른빛의 기둥이 우뚝 솟아 있었다. 이계구원자 성시한의 도룡기였다.

릴스타인은 그 광경을 보며 당황했다.

"…뭐 하자는 거지?"

성시한이 단독으로 그를 노릴 거란 건 예상했다. 그리고 그것은 릴스타인의 목적과 합치되는 것이기도 했다.

그 역시 시한이 도망쳐 버리는 건 원하지 않았으니까. 그래서 일부러 자신의 군세를 분리시켜 판을 깔아주기도 했다.

그러니 이 시점에서 성시한이 기습하는 건 충분히 기대했던 바이며, 동시에 매우 자연스러운 일이다.

'그런데 왜 저렇게 대놓고?'

제일 먼저 떠오른 것은 시한이 자신을 부르고 있는 게 아닌가 하는 점이었다. 저 숲에 일종의 함정을 파놓고 유인한다든가⋯⋯.

'아니, 내가 젝센가드도 아닌데 저런 노골적인 함정에 빠질 리가?'

비록 지금이야 이런 사이가 되었지만 한때는 누구보다 친했던 사이다. 릴스타인이 저런 함정에 걸릴 리 없다는 걸 모를 성시한이 아니었다.

'혹시 시한 본인이 아니라 가짜를 내세운 건가?'

이 역시 가능성은 없었다.

마기언이라 투기 감지 능력은 없는 릴스타인이었지만, 마법을 이용해 투기의 위력을 간접 측정하는 것은 가능하다.

틀림없이 최대 출력으로 전개한 파천기와 도룡기였다. 성시한처럼 투기량이 인간의 한계에 다다른 자가 아니면 결코 보일 수 없는 위력이었다.

'아니면⋯⋯.'

노골적으로 자신의 위치를 알린 뒤 다시 한 번 다른 장소로 몰래 이동해 기습하려는 것일까? 성동격서 속에 한 번 더 성동격서를 섞는 작전?

'그런데 그게 지금 상황에서 대체 무슨 유리함이 있지?'

릴스타인의 본진 동쪽에서 '으랏차! 나 여기 있음!' 하고 자기 어필을 한 뒤 잽싸게 몸을 숨겨 이동해 서쪽에서 기습을 했다 치자.

그동안 릴스타인이 취할 태도는 그냥 본진에서 시한이 오길 기다리고 있는 것뿐이다. 어차피 기습할 걸 아는데 굳이 두 번 속여서 뭘 어쩌겠다고?

무릇 기책이란 남발하는 법이 아니다. 좋은 전략이란 모름지기 단순하고 명쾌하며 효과적이어야 한다. 저건 작전도 뭐도 아닌 그냥 바보짓이다.

성시한은 십 년 전 전쟁깨나 겪은 몸이었다. 아무리 전문적으로 전술 전략을 익히지 않았다지만 저런 기본조차 모를 리는 없다.

아니나 다를까, 이내 숲속에서 커다란 흑마에 올라탄 성시한이 모습을 드러냈다.

당연하겠지만 휘하 군대 따윈 없었다. 군대 단위의 병력을 대동한 채 적군의 본진 근처까지 몰래 접근할 수는 없는 것이다.

단 두 명의 여인만을 대동한 채, 무서운 기세로 숲을 빠져나와 질주한다. 세 필의 전마가 맹렬한 속도로 릴스타인의 본진으로 향한다.

본진에 남아 있던 병사들이 기겁해 비명을 터뜨렸다.

"맙소사!"

"이계구원자다!"

성시한이 파천기를 최대한으로 전개하며 적진을 덮쳤다.

"파천기, 유성우!"

파괴의 빛줄기가 병사들의 머리 위로 내리꽂혔다. 뒤이어 여덟 개의 광파가 사방으로 퍼져갔다.

"도룡기, 팔각!"

잘린 사지가 사방으로 흩날리고 짙은 혈우가 쏟아져 내린다. 수십 마디의 비명이 동시에 터져 나온다.

"으아아아악!"

1,000에 가까운 병력이 모여 있음에도, 누구 하나 시한의 일격을 막지 못했다.

지구의 역사 속에도 척준경이나 사자심왕 리처드, 혹은 항우나 여포 같은 무지막지한 장수들이 존재한다. 단신으로 수천의 적진 한복판에 뛰어들어 일방적인 학살을 가행하는 비현실적인 행위가 실제로 가능했던 괴물들이다.

고작 세 명만으로 시한 일행은 릴스타인 왕국군 본진을 헤집어놓고 있었다. 그 광경을 지켜보며 릴스타인은 신경질적으로 머리칼을 쥐어뜯었다.

"뭐야? 도대체 무슨 속셈인 거야?"

혼란스럽다.

도무지 상황이 이해가 가질 않는다.

'분명히 계획대로이기는 한데……'

성시한이 단신, 혹은 소수 정예로 기습을 걸어올 거란 건 예상했다. 본진의 병력만으로 막을 수 있을 리 없으니 저 참혹한 광경도 미리 상정해 둔 피해였다.

'그런데 대체 그 전에 했던 짓거리가 뭐냐고!'

뭔가 꿍꿍이가 있는 건 분명하다. 그런데 아무리 생각하고 또 생각해 봐도 의도를 알 수가 없다. 평생 쌓아온 전략과 전술의 지식을 모두 뒤져도 답이 나오질 않는다.

이러는 동안에도 성시한은 릴스타인의 본진 막사를 향해 일직선으로 달려오고 있었다. 깊이 고민할 시간 따윈 없었다.

'일단 확인부터 해야겠군.'

릴스타인이 사념파를 보냈다.

[가라, 감마!]

새롭게 탄생시킨 크림슨 나이츠 5인.

이들은 릴스타인이 오랜 시간 공을 들여 창조해 낸 걸작 중의 걸작이었다. 그동안 부려왔던 소모품들처럼, 잃으면 얼마든지 보충할 수 있는 하찮은 존재가 아니었다.

그래서 특별히 이름을 붙였다.

이들에게 어울리는, 루스클란 대제의 기록에서 본 지구의 문자에서 따온 이름을.

감마라 불린 회색빛 갑주의 기사가 눈을 번쩍 떴다.

"알겠습니다, 폐하!"

*   *   *

수십 명의 병사가 방패를 겹치고 창을 겨눈다. 그야말로 인간으로 이루어진 성벽, 그곳을 향해 성시한은 디재스터를 길게 뻗었다.

"파천기, 산울림!"

푸른빛의 파동이 퍼져가며 병사들을 덮쳐갔다. 그 거력의 앞에 굳게 뭉친 방어진 따윈 무의미했다. 순식간에 와해되며 병사들이 사방으로 흩날렸다.

"으아아악!"

그렇게 또 하나의 대열을 부수며 나아가던 중이었다.

강렬한 투기를 감지한 시한이 고개를 돌렸다.

"이건?"

저 멀리, 본진에서 누군가가 달려오고 있었다.

전신에 황금의 투기를 감싼 채, 한 걸음에 수 미터씩 거리를 좁히며 한 줄기 섬광이 되어 혼잡한 전장을 가른다.

무신급 소드하이어였다.

'젠장, 무신급이 또 있었냐?'

시한은 이를 갈았다. 아무리 그래도 혹시나 했는데, 정말 무신급을 세 명이나 만들어낼 수 있었다니!

'게다가 저놈이 마지막이라는 보장 따위 어디에도 없잖아!'

하지만 동시에 회심의 미소도 지었다.

'혹시나 싶어서 시도해 보길 잘했네.'

이걸로 또 한 명의 무신급 소드하이어를 릴스타인 곁에서 떼어놓았다.

아마도 릴스타인은 어째서 성시한이 숲속에서 저리도 강렬한 자기 어필을 했는지 의아해할 것이다. 왜 저리 무의미해 보이는 짓을 한 건지, 대체 무슨 속셈인 건지 알아내려고 미친 듯이 고민하고 있겠지.

아무리 고민해도 답이 나올 리 없다.

정말로 아무 의미 없었으니까!

'하지만 릴스타인은 절대 그렇게 생각하질 못하지.'

조심성이 많고 합리적인 성격인 릴스타인이다. 그렇기에 섣불리 움직이지 않는다. 차분히 상황을 파악한 후 실패 가능성을 최대한 염두에 두고 행동한다.

그런 릴스타인 앞에서 무의미한 행위를 선보이면 어떻게 될까?

상대가 병신 짓을 했구나 하고 그냥 넘어갈 수 있을까? 이해하지 못할 현상이 나타나면 확인하지 않고는 견디지 못하는 그 소심한 성격으로?

애초에 그럴 성격이었으면 이 상황이 될 때까지 기다리고 또 기다리며 크림슨 나이츠를 저기까지 키우지도 않았으리라.

게다가 상대가 성시한인 만큼 더더욱 뻘짓일 거란 생각은 하지도 못한다. 서로 잘 알고 있다고 생각할 테니까.

실제로 과거의 시한이었다면 이런 식의 작전은 생각도 하지 못했을 것이었다. 테라노어로 돌아온 후, 어떤 염소수염의 간신배를 만나지 못했다면 말이지.

'아우, 나도 그 인간에게 많이 물들었나 보네.'

시한은 내심 혀를 차며 새로운 무신급 소드하이어를 노려보았다.

그는 어느새 성시한의 앞을 가로막고 검을 뽑아 든 채 용맹하게 외치고 있었다.

"이계구원자여! 나의 왕을 위해 그대의 목을 베겠다!"

순간 카렌과 알리타, 성시한이 비슷한 표정을 지었다.

"어머?"

"이 사람……."

"말도 하네?"

*　　　*　　　*

성시한이 경계심을 늦추지 않은 채 알리타에게 마법 전언을 보냈다.

'혹시 테라노어인이야?'

그녀는 눈앞의 회색빛 기사, 감마를 유심히 살폈다. 그리고 고개를 저었다.

'아니에요.'

루스클란의 혈통인 알리타는 상대가 지구인일 경우 본능적으로 깨달을 수 있는 능력이 있다. 그래서 처음 성시한을 만났을 때도 무의식중에 그의 정체를 알아차렸다.

마찬가지였다.

감마를 노려보고, 그를 의식하니 확실히 느낌이 온다. 테라노어인에게선 느낄 수 없는 감각이다.

'틀림없이 지구인이에요.'

엡실론과 달리 감마는 더 이상 대화를 이어가지 않았다. 바로 검을 뽑아 들더니 투기를 발한다.

"무신기, 십이지검!"

굉장히 낯익은 열두 자루의 광검이 허공에 떠올랐다. 시한의 표정이 살짝 일그러졌다.

'캑! 진짜 내 십이지검이잖아!'

이야기는 들었지만 직접 코앞에서 보니 기분이 참 불쾌하다. 남의 기술을 저리 대놓고 베껴 가다니!

'…라고 내가 말할 자격은 없지? 이게 다른 소드하이어들이 나 보고 느낀 기분이겠구만.'

시한은 새삼 반성하면서 두건을 눌러쓴 여인에게 눈짓을 보냈다.

'카렌!'

카렌이 바로 알아듣고 몸을 날렸다. 동시에 알리타와 시한이 뒤로 후퇴했다.

"타앗!"

카렌이 날카로운 기합과 함께 감마의 코앞으로 쇄도했다. 감마 역시 십이지검을 움직이며 바로 맞서려 했다.

그러나 미리 준비하고 있던 카렌이 더욱 빨랐다. 은빛 성광이 자욱한 운무가 되어 사방 수십 미터를 감싸기 시작했다.

순간 감마의 안색이 창백해졌다.

"큭! 이건!"

감마의 투기가 급격히 흔들리며 십이지검이 소멸해 버렸다. 질병의 축복으로 인해 초인급 수준으로 약화되며 무신기를 유지할 힘 역시 사라진 것이다.

사실 질병이란 게 원래 이리 한순간에 골골대진 않는데, 카렌의 플레이그 블레스는 여신의 힘으로 '중병 상태'를 만드는 기적이다 보니 중간 과정 생략하고 바로 중환자로 만드는 것이 가능하다.

탈진한 감마가 카렌을 노려보며 경악했다.

"불사의 마녀라고? 그대가 어떻게 여기에?"

그녀가 주먹을 내밀어 겨누며 혀를 찼다.

"난 당신이 어떻게 날 아는지가 더 신기하거든… 요?"

카렌은 말하다 말고 잠시 헷갈려 했다.

적에게는 하대하는 그녀였지만, 크림슨 나이츠는 릴스타인에게 조종당하는 불쌍한 사람들일 뿐이다. 그러니 존대로 대해야 옳겠지만 어째 하는 짓을 보니 자의로 충성을 다하는 것 같기도 하고…….

'아니, 지금 이런 한가한 생각이나 할 때가 아니지.'

카렌이 양손을 뻗었다.

"적월의 사슬!"

아홉 줄기의 붉은 사슬이 뻗어 나와 감마를 덮쳐갔다. 그 역시 푸른 투기강으로 응수했다.

"패왕기, 파멸!"

적색과 청색의 권능이 어지럽게 뒤얽히며 충격파를 연신 터뜨린다. 잠시 팽팽한 접전이 유지되었다. 그때 멀리서 시한의 외침이 들려왔다.

"묶어!"

그는 카렌으로부터 수십 미터 떨어진 곳에서 양손에 마력을 끌어내고 있었다.

카렌이 감마에게 건 플레이그 블레스는 촉매 가루를 이용한 '대지구인용 질병의 축복'이었다. 성시한에게도 똑같이 통용되니 멀리 떨어져 있어야 했다.

"네!"

카렌은 기다렸다는 듯 대꾸하며 몸을 낮춰 바닥을 짚었다.

높은 각도의 돌려차기를 날리며 달빛 사슬 발동!

"백월의 사슬!"

양손이 아닌 오른발에서 성광의 사슬이 뻗어나왔다. 예상하지 못한 공격이라 감마도 채 피할 수가 없었다.

간신히 직격타는 피했지만 백색 사슬의 권역에 휘말린다.

휘감긴 사슬이 무시무시한 냉기를 발하며 전신을 얼려간다.

"이런!"

당황한 감마는 투기를 전력으로 끌어내 사슬을 끊으려 했다. 과연 무신급답게 약화된 상태에서도 그 위력이 장난이 아니었다.

백월의 사슬이 삐걱대며 여기저기 손상되어 끊어지기 직전, 저 멀리서 성시한의 마법이 발동했다.

"빛이여! 만물을 제압할 권세가 되어라! 앱솔루트 도미네이션!"

빛의 기둥이 감마를 직격했다. 반투명한 비늘의 장막이 그를 2, 3중으로 겹겹이 감쌌다.

흑색 상아탑의 9층 제압 마법, 앱솔루트 도미네이션이었다.

"크윽!"

감마는 당황하며 투기를 운용해 마법을 파쇄하려 했다. 하지만 통하지 않았다. 질병으로 초인급 수준까지 떨어진 감마의 힘으로 9층 마법을 바로 푸는 건 무리였다.

완전히 제압당해 버렸다. 감마의 안색이 딱딱하게 굳었다.

'이 상태로 무극천광이라도 날릴 셈인가? 흥! 쉽게 당하진 않을 것이다!'

비록 제압 마법에 의해 봉인되긴 했다. 하지만 반대로 이 마법으로 인해 외부의 공격에도 영향을 받지 않게 되었다.

설사 무극천광이 날아온다 해도 앱솔루트 도미네이션을 부수는 동안 틈이 생길 것이고, 그 틈에 최대한의 스피드로 몸을 빼내면 된다!

물론 타이밍을 조금이라도 실수하면 그대로 황천길행일 터였다. 감마는 정신을 집중했다.

"타아아앗!"

전신의 투기를 정련하며, 질병에 시달리는 와중에도 정신력을 한껏 일깨운다. 그리하며 상대의 공격에 집중한다.

집중한다.

집중한다.

집중한…….

감마는 의아해하며 고개를 들었다. 어째 공격이 이어지지 않았다.

'……?'

그리고 이내 그 이유를 깨달았다.

성시한도, 불사의 마녀도, 저 둘을 따라다니던 백금발의 소녀도 보이지 않았다. 다들 어느새 그를 지나쳐 릴스타인의 본진에 도달해 있다.

그냥 무시하고 가버린 것이다!

"으아아아! 이 빌어먹을 놈들이!!!"

묶인 감마가 분노의 포효를 터뜨렸다.

*   *   *

본진 막사 앞에 도착한 성시한이 도룡기를 끌어냈다.

십여 미터가 넘는 거대한 빛의 검을 허공으로 세운 뒤, 가공할 참격을 내리친다!

"나와, 이 자식아!"

콰아아앙!

폭발과 함께 막사가 산산조각 났다. 흙먼지와 천 쪼가리가 사방으로 흩날렸다.

자욱한 폭연 너머로 희끄무레한 빛이 새어 나왔다. 반투명한 마력 방어막이 발하는 빛이었다.

폭연이 걷히며 방어막 안의 형상이 모습을 드러냈다.

검은 머리에 금빛 눈동자를 지닌 잘생긴 삼십 대 사내였다.

그를 노려보는 성시한의 두 눈에 검은 불길이 일었다.

"…릴스타인!"

릴스타인이 성시한을 마주 보며 빙그레 웃었다.

"오랜만이야, 시한."

십 년 전, 세상을 구했던 두 영웅이 얼굴을 마주한다. 한때 누구보다도 친밀했지만, 지금은 누구보다도 멀어진 두 친구가 얼어붙은 눈빛으로 서로를 바라본다.

릴스타인이 성시한을 위아래로 살피며 중얼거렸다.

"많이 변했구나."

시한이 퉁명스러운 어조로 대꾸했다.

"너도 많이 늙었네."

예전의 릴스타인은 나이에 맞지 않게 꽤나 앳된 얼굴이었다. 이십 대 중반의 나이임에도 소년 같은 인상을 지니고 있었다.

지금은 달랐다.

분명 기억 속의 얼굴이었지만, 기억 속의 인상이 아니었다.

차분하면서도 냉정한 미소, 일말의 동요조차 없이 자신을 노려보는 저 금색 눈동자가 너무도 낯설다.

"아직 늙었다는 소리 들을 나이는 아니라고 생각하는데……."

릴스타인은 피식거리며 시한 곁에 서 있는 흑발의 여인에게로 시선을 옮겼다.

"그쪽도 간만이군, 카렌."

"그래, 릴스타인."

"당신이 여기 있다니 놀랍군. 분명 첩자를 써서 위치를 확인했는데 말이야."

카렌이 차가운 목소리로 비아냥을 던졌다.

"설마 가짜를 내세웠다는 생각조차 하지 못할 정도로 전략 전술에 문외한은 아니실 텐데?"

"가짜조차 구별하지 못할 정도로 무능한 놈들을 보내진 않았으니까."

과거의 친구들에게 어설픈 첩자를 붙이진 않았다. 베테랑

만을 골라, 몇 년 동안이나 카렌의 일거수일투족을 살펴왔다. 분명히 카렌 본인이라고 보고했다.

카렌은 속으로 웃었다.

'착각할 만도 하네.'

몇 년 동안 살펴본 끝에 가짜가 아니라는 판단을 내렸다고? 그야 그러시겠지. 지난 몇 년간 여왕 노릇한 건 전부 시디아였으니까.

오히려 카렌이 왕좌에 앉아 있을 때마다 가짜라고 보고했을지도 모르겠다.

'하지만 굳이 알려줄 이유는 없지?'

그녀는 입을 다물었다. 릴스타인이 성시한에게로 시선을 돌렸다.

성시한은 침을 꿀꺽 삼켰다. 그를 눈앞에서 마주하니 상상 이상으로 감정이 회오리치고 있었다.

분노, 증오, 반가움, 과거의 추억, 혼란, 의문, 원망…….

디재스터를 쥔 손이 희미하게 떨린다. 심장이 요동치며 머릿속이 끓어오른다.

'후우…….'

그는 애써 흥분을 가라앉혔다.

별로 시간적 여유가 많지 않았다. 지금은 냉정해야 할 때였다.

시한이 힐끔 곁에 선 백금발 소녀에게 눈짓을 보냈다.

'알리타?'

소녀가 말없이 고개를 저었다. 성시한의 입가에 미소가 떠올랐다.

'좋아, 도망칠 필요는 없나?'

릴스타인이 문득 고소를 지었다.

"십 년 만에 다시 만났는데 이것부터 물어보는 게 웃긴다는 건 알지만… 도저히 호기심을 억누를 수가 없군."

그리고 진지한 얼굴로 물었다.

"도대체 왜 멀쩡한 하늘에 도룡기를 찔러댄 거냐? 나 잘났다고 과시하려고?"

시한은 실소했다.

역시 마기언이다. 풀리지 않는 의문이 있다면 해결하지 않고는 견디질 못하는 것이다.

"아무 의미 없는 짓이었어."

성시한의 답변에 릴스타인이 살짝 눈살을 찌푸렸다. 무슨 말을 하는 건지 이해가 안 간 탓이었다.

시한이 턱짓으로 전장 저편의 감마를 가리켰다. 그는 아직도 시한의 마법에 의해 발이 묶여 있었다.

"하지만 덕분에 저렇게 됐지."

그제야 릴스타인이 후련하다는 표정을 지었다.

"아, 그런 거였나?"

부연 설명까지도 필요 없다. 저 말 몇 마디만으로 전후 사정을 이해해 버린 것이다.

"내 꾀에 내가 넘어간 셈이군."

하지만 여전히 의문이 전부 풀리진 않았다.

"의도는 알겠어. 그런데 무슨 효과가 있는 건데?"

무신급 소드하이어를 릴스타인 곁에서 떼어놓는 것이 목적이라면, 분명 성공하긴 했다. 그러나 극히 일시적일 뿐이다.

앱솔루트 도미네이션에 당한 감마는 어느새 억눌린 마법을 절반 이상 부숴 버린 상태였다. 카렌이 플레이그 블레스를 거두고 이동한 탓이었다.

테라노어인이라면 질병의 축복을 거뒀다 해도 바로 병세가 완화되진 않겠지만 감마는 지구인이다. 성시한과 마찬가지로, 플레이그 블레스가 사라지면 바로 힘을 회복하는 것이다.

"묶어놓을 수 있는 시간은 길어야 몇 분이 고작일 터."

바락과 싸우는 두 무신급 소드하이어 역시 마찬가지다. 얼마든지 복귀시킬 수 있다. 한 명은 바락을 상대하게 하고 한 명만 도로 불러들이면 된다.

지금도 릴스타인은 마음만 먹으면 무신급 두 명을 몇 분 안에 돌아오게 할 수 있다. 계책이라고 하기엔 마무리가 너무 허술하다.

"아니면 이 나를 몇 분 만에 끝낼 자신이 있는 거냐?"

성시한이 빙그레 웃었다.

"설마? 아무리 나라도 그렇게까지 상황 파악을 못 하진 않아."

갑자기 시한이 주먹을 들어 대지를 내려쳤다.

"사파란의 이름으로 명한다!"

콰아아!

내려친 땅을 중심으로 폭풍 같은 마력이 퍼져 나갔다. 릴스타인이 흠칫 놀라며 뒤로 물러섰다. 그의 등 뒤에 서 있던 20인의 기사 역시 마찬가지였다.

성시한이 마력을 끌어 올리며 주문 영창을 이었다.

"정명한 이치를 거슬러 천지의 경계를 가르노라! 월드 오브 더 화이트!"

대지가 입을 벌려 순백의 빛을 토해냈다. 다섯 개의 빛의 기둥이 하늘 아래 우뚝 솟았다. 각각의 기둥이 마치 날개를 펼치는 것처럼 마력의 파장을 사방으로 뻗어내기 시작했다.

쿠르르릉!

땅이 흔들리며 마력의 파장이 서로 맞물려 거대한 반구(半球)를 형성해 냈다. 반경 수십 미터에 다다르는 거대한 마법의 돔이었다.

릴스타인이 고개를 들어 하늘을 올려다보았다.

"이건······."

세상이 온통 새하얗다. 푸른 하늘도 주위의 풍경도 모조리 차단되었다. 보이는 것이라곤 그저 사방에 펼쳐진 순백의 마력장뿐이었다.

테라노어 최강의 마기언답게 릴스타인은 저 마력장의 속성

및 효과를 이내 파악해 냈다. 그리고 경악해 입을 벌렸다.

"…공간 절리에 왜곡 역장까지? 공간 자체를 조작했다고?"

단순히 마법의 힘으로 벽을 세운 것이 아니었다.

완전히 공간이 격리되었다!

릴스타인은 확인을 위해 작은 불꽃 하나를 만들어 하늘로 쏘았다. 날아간 불꽃이 순백의 역장에 닿더니, 이내 사라지며 돔 반대편에서 나타났다.

분명히 직진하던 불꽃이 갑자기 엉뚱한 방향에서 모습을 드러냈다. 이것이 의미하는 바는 명백하다.

"맙소사, 진짜 공간 왜곡이군."

릴스타인의 얼굴이 소태라도 씹은 것처럼 한껏 구겨졌다.

"이런 게 마법으로 가능하다니……"

성시한이 몸을 일으켰다.

"솔직히 나도 어떻게 이런 짓이 가능한지는 전혀 모르겠어."

그의 입가엔 어느새 차가운 미소가 떠올라 있었다.

"하지만 사파란에겐 가능했던 모양이더라고."

*　　　*　　　*

백색 상아탑과 대치 중이던 릴스타인 왕국군.

그 본진에 갑자기 직경 수십 미터의 거대한 빛의 돔이 생겨났다. 릴스타인 왕국군은 당황했고, 이계구원자의 수하들은 쾌재를 올렸다.

"오오!"

"시한 님께서 성공하셨군!"

성시한의 계획 자체는 극비였다. 말루프나 바로스, 호트렌 등 각국의 강자들은 물론이고 바락이나 창천기사단조차도 전말에 대해선 거의 알지 못했다.

시한은 그저 이렇게만 말했다.

"맨땅에 느닷없이 수십 미터짜리 뒤집힌 밥그릇이 나타나면, 성공한 셈이야."

일단 성공한 건 확실한 듯했다. 그 증거로, 바락을 상대하던 두 무신급 소드하이어가 격렬하게 당황하고 있었다.

"폐하의 사념이 느껴지지 않는다!"

"돌아가야 한다!"

델타와 엡실론은 바로 등을 돌렸다. 그리고 빛의 돔을 향해 달려가기 시작했다.

바락은 굳이 그 둘을 쫓지 않았다. 대신 검을 거두고 물러섰다.

"가, 간신히 버텼군, 허허……."

이미 탈진 직전이었다. 전신에도 자잘한 상처가 가득했다. 조금만 더 지체했으면 돌이킬 수 없는 부상을 입었을 판이었다.

반면, 다른 크림슨 나이츠는 별 변화가 없었다.

여전히 짐승 같은 포효를 터뜨리며 무자비한 전투를 이어 간다.

"크아아아!"

제논이 두 자루 대검으로 상대를 밀쳐내며 혀를 찼다.

"쳇, 전부 예상대로는 안 되는 건가?"

다른 이들과 달리 최측근인 제논은 계획의 전말에 대해서도 제법 알고 있었다. 공간 절리로 릴스타인을 격리시키면, 그의 조종을 받는 크림슨 나이츠도 멈출 가능성이 있다는 게 시한의 예측이었다.

그런데 아무래도 릴스타인은 정신 지배의 조건을 거기까지 염두에 둔 모양이었다. 수십 인의 적색 기사는 여전히 아무런 동요 없이 광전사처럼 날뛰고 있었다.

"할 수 없지! 계속 싸우는 수밖에!"

제논이 투지를 끌어 올리며 말을 박찼다.

"타아아앗!"

웅장한 기합이 이어지며 두 줄기의 투기검이 또다시 파괴의 춤을 추기 시작했다.

*　　　*　　　*

델타와 엡실론은 쉴 새 없이 본진을 향해 달렸다. 둘 다 초조하기 그지없는 표정이었다.

몇 분 만에 둘은 빛의 돔 근처에 도달했다. 시한의 제압 마법을 푼 감마 역시 이들과 합류했다.

한자리에 모인 세 명의 무신급 소드하이어가 세 자루의 검을 높이 쳐 들고 투기를 끌어 올린다.

"폐하께서 위급하시다!"

"그분의 충성된 기사로서!"

"우리의 왕을 구하리!"

책이라도 읽는 듯한 어색한 대사였다. 설령 테라노어 출신의 기사라도 어지간해선 저런 식으로 말하지 않는다.

하지만 이들은 전혀 이상함을 느끼지 못하는 듯했다. 진지한 태도를 유지하며, 세 기사가 똑같은 외침을 토했다.

"무신기, 무극천광!"

황금빛 기둥이 허공으로 솟구쳤다. 가공할 기운이 하늘 높이 뻗어 올라 태양처럼 빛났다. 그리고 그대로 낙하했다.

대기를 찢는 굉음과 함께 세 개의 태양이 동시에 빛의 돔에 적중했다.

하나만으로도 지형을 바꾸는 가공할 무신기가 무려 셋이나 모였으니 그 위력은 실로 경천동지!

끔찍한 규모의 폭발이 이어졌다.

콰콰콰쾅!

그럼에도 빛의 돔은 굳건했다. 파괴되긴 고사하고 약간의 미동조차 보이지 않았다.

모든 무극천광이 죄다 반대편으로 '통과해' 버린 것이다.

"제기랄!"

엡실론이 욕설을 퍼부으며 직접 몸을 날렸다.

"무신기, 십이지검!"

열두 자루의 광검을 몸 주위에 두른 채 육탄 공격을 감행한다. 정면으로 맞부딪혀 돔의 표면을 뚫어버리겠다는 심산이었다.

이 역시 소용없었다. 백색 장막에 충돌하는 순간, 엡실론의 신형이 그대로 수십 미터 밖의 돔 반대편으로 튀어나왔다.

그 광경을 지켜본 델타와 감마가 암담한 표정을 지었다.

"이럴 수가……."

*　　　　*　　　　*

절대 공간 제어 결계, 월드 오브 더 화이트.

상아탑 9층의 한계조차 뛰어넘은 이 초월적인 마법은 공간을 왜곡해 모든 공격을 무효화시키고, 공간 절리를 통해 일정 범위를 세상으로부터 분리시키는 권능을 지니고 있었다.

고룡잡이 그물과 함께 백색의 사파란이 지난 십 년간 매진해 온 연구의 집대성으로, 왕도 아올라드와 백색 상아탑에만 설치되어 있던 비장의 한 수이기도 하다.

그 놀라운 위업 앞에 릴스타인은 솔직하게 인정했다.

"이거라면 확실히, 당장은 어쩔 방법이 없군."

무엇이든 벨 수 있는 검이라 해도, 앞을 휘둘러 뒤를 벨 수는 없는 법이다.

아무리 강력한 마법이라도 이 결계를 뚫을 순 없다. 아예 공격 자체를 무시하는 방식이니까.

그렇다면 마법을 통째로 해석해 공간 결계 자체를 해제하는 수밖에 없는데, 이는 결코 단시간에 가능한 일이 아니다. 특히나 눈앞의 적과 싸우면서 진행할 수 있는 일은 더욱 아니고.

사파란의 결계는 실로 완벽하게 그를 가두어놓은 것이다.

"대단하군, 사파란. 죽어서도 내 발목을 잡나……."

릴스타인은 연신 혀를 내둘렀다. 그러다가 의아해했다.

"그런데 왜 이런 굉장한 마법을 만들어놓고도 쓰질 않은 거지?"

아올라드에서의 전투에서 사파란이 이 결계까지 구사했다면, 아무리 초인급이 100명이었다 해도 쉽게 이기진 못했을 것이다.

"게다가 이 정도 규모의 결계를 무슨 수로 숨겼는지도 모르겠군. 분명 백색 상아탑은 완전히 조사가 끝났었는데?"

시한이 비웃음을 띠며 대답했다.

"사파란 녀석, 기껏 만들어놓고 정작 결계를 발동시키진 못

했더라고."

"엉?"

"본신의 마력이 모자라서."

"……"

릴스타인의 표정이 묘하게 바뀌었다.

참으로 어처구니없는 이유지만, 동시에 납득이 갔다.

월드 오브 더 화이트는 이계 마물의 사체를 이용한 고룡잡이 덫보다도 몇 배나 고도의 마법이었다. 그만큼 들어가는 자원도 엄청나게 많았다.

백의 상아탑주이자 일국의 왕인 만큼 촉매나 마법 재료는 어떻게든 충당할 수 있었지만, 가장 중요한 원천 마력이 부족했던 것이다.

그래서 만들어놓고도 써먹질 못했다. 써먹질 못하니 결계 역시 분해된 채 방치되었다. 그러니 아무리 뒤져봤자 눈에 띌 리가 없었다. 그 상태론 그냥 수많은 실패한 마법의 흔적일 뿐인 것이다.

'나야 마기언 테이엔 덕분에 알게 되었지만 말이지.'

사파란의 심복 중 한 명이었던 테이엔만이 이 결계의 존재를 알고 있었다. 상대적으로 총애가 적었던 슈트란트는 모르는 사실이었다. 릴스타인도 마찬가지일 터였다.

문득 시한의 목소리가 차갑게 가라앉았다.

"덕분에 여기까지 왔지."

겉보기엔 평온한 대화를 나누던 성시한과 릴스타인이었다. 그 광경만 보면 저 두 사람이 적으로 재회했다고는 도저히 믿어지지 않으리라.

하지만 그 평온함의 실체는 그저 폭풍 전 잠시 찾아오는 고요였을 뿐.

시한의 어깨 위로 짙은 살기가 피어오르기 시작했다.

"그 배신자가 남긴 유산 덕분에 말이야. 참 아이러니한 일이지?"

무신급 소드하이어는 충분히 위협적이다. 릴스타인은 단 한 명만 선보였지만, 그걸 곧이곧대로 믿을 만큼 시한은 순진하지 않았다.

"릴스타인, 네가 무신급을 몇 명이나 양산했는지 어찌 알겠어? 애당초 초인급 양산도 말도 안 되는 일이었는데."

두 명이나 세 명으로 끝나지 않을지도 모른다. 어쩌면 다섯 명일지도, 어쩌면 열 명일지도, 최악의 경우엔 초인급 소드하이어처럼 백 명을 꽉 채울지도 모른다!

저 음흉한 플로어 마스터의 속을 누가 알 수 있단 말인가?

"하지만 무신급이 백 명이든, 천 명이든……."

성시한의 입가에 뒤틀린 미소가 떠올랐다.

"당장 옆에 없으면 아무 의미 없잖아?"

언제든지 부를 수 있을 거라 생각했던 지구인들은 전부 결계 밖에 있다. 엔다원과 홍룡기사단, 수천의 군대 역시 당장은 릴스타인을 도울 수 없다.

현재 릴스타인의 수하라곤 등 뒤에 서 있는 스무 명의 회색 기사뿐.

저들은 경계할 필요가 없다. 전원 테라노어 출신이니까. 이미 알리타의 감각을 통해 확인도 마쳤다. 이걸 위해서 일부러 이 위험한 장소까지 그녀를 대동한 것이다.

"상대가 테라노어인뿐이라면 카렌의 플레이그 블레스는 절대적인 위력을 발휘하지."

그야말로 외통수, 완벽하게 궁지에 몰았다.

"이제 모든 걸 끝낼 시간이다, 릴스타인!"

성시한의 전신에서 푸른 투기가 폭풍처럼 터져 나왔다. 가공할 기운이 릴스타인은 물론, 그 너머의 딱딱한 얼굴로 서 있는 회색 기사들마저 덮쳐갔다.

기사들이 신음하며 뒤로 물러섰다.

"허억!"

"무, 무슨 이런 힘이!"

반면 릴스타인은 태연했다. 전혀 긴장하고 있지 않았다.

짝짝짝……

오히려 웃으며, 대견하다는 듯 박수마저 친다.

"제법이야, 시한. 상당히 머리를 잘 굴렸는데? 솔직히 말하면 이렇게 될 줄은 나도 전혀 짐작하지 못했거든. 훌륭하게 계책을 세웠네."

예상하지 못한 반응이었다. 성시한의 안색이 살짝 굳었다.

"…그런데 뭐가 그리 웃기지?"

"그냥, 다 잘해놓고 마지막에 황당한 착각을 하는 게 어이가 없어서."

릴스타인이 양팔을 벌리며 과장스럽게 어깨를 으쓱거렸다.

"대체 무슨 근거로 내 곁에 지구인이 없다고 판단한 거야?"

릴스타인은 미소를 머금은 채 손가락을 튕겼다.

"알파, 베타."

20인의 회색 기사 사이에서 두 명의 기사가 걸어 나왔다. 기다렸다는 듯 바로 검을 뽑아 들며 기합을 토해낸다.

"타아아앗!"

두 기사의 전신에서 강렬한 투기가 폭발하듯 터져 나왔다. 일렁이는 황금빛 불길이 주위를 환하게 밝혔다. 살기가 순백의 세계, 반경 수십 미터의 봉인 공간을 집어삼키기 시작했다.

카렌의 얼굴이 딱딱하게 굳었다.

"…무신급 소드하이어?"

시한이 뒤를 돌아보며 다급하게 물었다.

"어떻게 된 거야, 알리타?"

창백한 얼굴로 그녀가 고개를 저었다.

"나, 나도 몰라요!"

분명히 상대에게 의식을 집중해 확인해 보았다.

'조금 전까진 아무런 느낌도 안 들었는데…….'

저들이 투기를 발하는 순간 감각이 변했다. 성시한이나 다른 크림슨 나이츠처럼 이계의 존재라는 것이 확실하게 느껴진다. 알리타가 혼란에 빠져 뒷걸음질을 쳤다.

성시한은 식은땀을 흘렸다. 이유야 어찌 됐든, 눈앞의 저 두 기사가 무신급인 건 변하지 않는 현실이었다.

'젠장, 비장의 수법이 생겼다고 좋아했었는데…….'

레비나가 부리던 크림슨 나이츠 일부를 생포했을 때의 일이다.

봉인된 지구인들을 바라보며 알리타가 무심코 중얼거렸다.

'역시 이들은 지구인이네요. 시한이랑 느낌이 비슷해요.'

'엥? 느낌이 비슷하다니? 혹시 알리타, 넌 우리가 구별이 되는 거야?'

'되긴 하는데, 이게 무슨 쓸모가 있나요?'

이제껏 알리타는 저 감각이 전략적으로 유용하다는 생각을 미처 하지 못했던 것이다. 주도적으로 작전을 짜는 입장이 아니었으니까.

하지만 성시한에겐 하늘이 내려준 기회나 다름없었다.

'쓸모가 있는 정도가 아니지! 릴스타인 곁에 지구인 전력이 얼마나 있는지 미리 확인할 수 있단 소리잖아?'

사파란의 유산과 알리타의 감각.

이 두 가지가 있기에 이 작전이 성립될 수 있었다. 둘 중 하나라도 어긋나 버리면 시한의 계책도 완전히 어그러진다.

'완전히 꼬여 버렸네……'

릴스타인이 알리타를 바라보며 눈을 빛냈다.

"흐음? 그 아가씨에게 지구인 감별 능력이라도 있나 봐? 왜 불필요한 전력을 굳이 데리고 왔나 했더니 이유가 있었군."

어째서 성시한이 저리 자신만만했는지 알겠다. 왜 지구인이 없다는 착각을 했는지도 짐작이 간다.

'알파 시리즈는 다른 크림슨 나이츠와 제작 방식이 다르지. 그 영향일지도 모르겠군.'

어쨌든 예상하지 못한 행운이라는 점은 틀림없었다. 릴스타인은 실실 웃으며 알파와 베타를 가리켰다.

"이들은 틀림없이 지구인이고 무신급 소드하이어다. 또한 시한, 너처럼 인간의 한계에 도달한 이들이기도 하지."

그는 승리를 확신하며 어깨를 으쓱였다.

"어때? 이 정도면 이계구원자와 불사의 마녀를 상대하기에 부족함이 없겠지?"

시한은 대꾸하지 않았다. 그저 한껏 찡그린 얼굴로 릴스타인을 노려보며 혀를 찰 뿐이었다.

"제길……"

인정하기 싫지만, 릴스타인의 말은 틀리지 않았다.

무신급 소드하이어 둘뿐이라면 성시한과 카렌의 합공으로 어떻게든 이길 수 있을지 모른다. 어쨌든 둘 다 전투 경력은 훨씬 길 테니까.

하지만 릴스타인 본인까지 염두에 두면 솔직히 승산이 거의 없다.

'게다가 저 둘이 전부가 아닐 수도 있고.'

아직 회색 기사는 18인이나 남아 있었다. 저들 중 무신급 소드하이어가 몇 명이나 더 있을까?

확인할 필요가 있다. 성시한이 슬쩍 떠보았다.

"그런데 이 상황에서도 두 명밖에 안 꺼내 드는 것 보면 아무리 릴스타인, 너라도 무신급은 다섯 명이 한계였나 보네?"

물론 릴스타인은 걸려들지 않았다. 전혀 당황하지 않고 태연하게 되받아친다.

"내가 왜 불필요한 전력을 추가로 투입해야 하지? 너와 카렌을 처리하는 데 무신급 두 명이면 충분할 텐데?"

그러자 시한이 안도하며 중얼거렸다.

"그나마 다행이군. 다섯 명밖에 없구나."

릴스타인이 어이없어 하며 다시 물었다.

"왜 그런 결론이 나오는 거냐?"

"표정을 보면 알지."

정확히는 첫 번째 질문이 아니라 두 번째, 다섯 명뿐이라고 성시한이 단정 지을 때 릴스타인이 지었던 표정을 보고 확신한 것이었다.

"정말 다섯 명 이상이라면 내가 근거도 없이 멍청한 판단을 내렸는데 네 성격에 비웃지 않을 리 없으니까."

"……"

"우리가 하루 이틀 같이 지냈던 게 아니잖아? 그 정도는 알아볼 수 있다고."

릴스타인의 눈썹이 희미하게 떨렸다. 예상하지 못한 반격을 당한 기분이었다. 그의 목소리에 불쾌함이 깃들었다.

"…말이 너무 길었군. 나머지는 붙잡아놓고 해야겠어."

사념파가 허공을 갈랐다.

[가라!]

두 무신급 소드하이어가 고함을 내지르며 몸을 날렸다.

"폐하의 명에 따라!"

"그대들을 베겠다!"

*   *   *

알파와 베타가 거리를 좁히며 동시에 무신기를 발동시켰다.

"무신기, 십이지검!"

전신에 광검의 회오리를 두른 채 시한 일행을 덮쳐간다. 알파가 성시한을, 베타가 카렌을 향해 십이지검을 연신 쏘아댄다.

카렌이 전투태세를 갖추며 소리를 질렀다.

"물러서요, 알리타 양!"

현 상황에서 알리타의 무력으로 할 수 있는 것은 전혀 없다. 방해만 될 뿐이다. 허겁지겁 알리타가 뒤로 빠졌다.

날아드는 십이지검을 향해 카렌이 양손을 휘둘렀다.

"적월의 사슬!"

붉은 사슬이 황금의 광검을 휘감더니, 이내 박살 나 사방으로 흩어졌다. 달빛 사슬 정도로 무신기에 깃든 힘을 막기엔 역부족이었던 것이다.

곧바로 빛의 칼날이 어지럽게 난무하며 카렌의 급소를 노려왔다. 다급하게 그녀가 몸을 날렸다.

"타앗!"

연신 스텝을 밟고, 공중제비를 넘으며 카렌은 세 차례나 몸을 뒤집어 간신히 십이지검의 공격권에서 빠져나왔다.

간신히 치명타는 피했지만 완전히 회피한 것도 아니었다. 살짝 스친 것만으로도 전신이 피투성이가 되었다.

물론 그 정도는 재생력으로 복구가 된다. 순식간에 상처가 아무는 카렌을 보며 베타가 혀를 내둘렀다.

"과연 불사의 마녀, 엄청난 재생력이로군!"

지구인이 언제부터 카렌을 알았다고 저런 소릴 하는 건지 모르겠다만, 그녀는 신경 쓰지 않았다. 그런 한가한 의문이나 가질 상황이 아니었다.

십이지검이 허공에서 춤추며 빗살처럼 쏟아진다. 쇄도하는 광검의 난무 속에 베타 본인의 참격이 날아든다. 완벽한 패왕기 용법에 맞춰, 수준 높은 검술을 선보이며 카렌을 직접 압박한다.

"패왕기, 현란!"

제논의 그 천재성으로도 채 완성하지 못한 바락의 비기를, 베타는 완벽하게 구현하고 있었다. 아홉 번의 연격이 카렌의 좌우로 연달아 쏟아졌다.

하지만 그녀는 물러서지 않았다. 스텝을 밟으며 오히려 거리를 좁혔다.

"하압!"

상대의 움직임을 보고, 공격 방향과 스피드를 예측해, 파고들며 연타를 날린다. 동시에 모든 공격에 수면에 비친 달빛 사슬을 연계한다.

"백월의 사슬!"

냉기의 사슬이 뱀처럼 지그재그로 날아들었다. 십이지검과 충돌하면 도무지 승산이 없으니, 최대한 비껴내면서 베타의 본신을 노리는 것이다.

콰콰쾅!

은빛 섬광이 황금의 투기와 충돌해 대기를 흔들었다. 굉음 속에서 카렌은 착실하게 베타를 자신의 사정권 내로 끌어들였다.

베타의 안색이 살짝 굳었다.

"이런!"

힘과 스피드에서 우위에 섰는데도 타이밍을 놓쳤다. 이대로라면 오히려 베타가 역공을 당할 판이었다. 긴장한 베타가 십이지검을 한꺼번에 내리 퍼부었다.

"타아앗!"

섬세한 기술을 무자비한 폭격으로 맞선다. 열두 파괴의 칼날이 뇌전처럼 카렌에게 내리꽂힌다.

"크윽!"

카렌은 더 이상 파고들 수 없어 도로 후퇴했다. 하지만 물러서는 것만으론 도저히 십이지검을 전부 피할 수 없었다.

전력을 다해 그녀가 성광의 방패를 형성했다.

"만월의 사슬!"

사슬로 이루어진 방패가 황금빛 광검과 충돌했다. 이번엔 용케 막았는지 충격파가 터지며 광검이 뒤로 튕겨져 나갔다.

하지만 카렌도 무사하지는 않았다. 그녀가 피를 토했다.

"쿠, 쿨럭!"

열두 광검 중 단 하나를 막았을 뿐인데 방패가 산산이 박살 나며 반동이 돌아왔다. 충격이 내장을 뒤흔든 것이다.

카렌은 애써 거리를 벌리며 입가의 피를 닦았다.

"헉, 헉……."

어떻게든 기술과 경험으로 메워보려고 해도 기본적인 피지컬의 격차가 너무 크다. 십 년 전과 달리 지금의 카렌은 초인급 소드하이어에 필적하는 강자인데도, 역시 무신급에 비하면 많이 떨어지는 것이다.

'곤란한데……'

그녀는 가쁜 숨을 몰아쉬며 암담해했다.

'진짜 예전의 시한과 필적하는 수준이잖아?'

*   *   *

십이지검과 십이지검이 충돌한다. 무수한 광검이 무수한 빛의 궤적 속에서 무수한 충격파를 낳는다.

끝없이 이어지는 듯한 폭음 속에서 성시한과 알파가 서로의 십이지검을 거두었다.

무신기의 대결은 무승부였다. 두 사람의 투기량은 거의 차이가 없었던 것이다.

"거추장스럽군!"

알파가 투덜대며 금이 간 투구를 벗어 던졌다. 새까만 피부의 네칸 인종이 얼굴을 드러냈다.

상대를 본 순간 성시한이 눈을 가늘게 떴다.

'어?'

저 흑인의 외모가 어쩐지 낯이 익었다. 어디서 한번 본 얼굴이었다.

"그 래디언스 원의?!"

기억났다. 예전 래디언스 원을 폭파하고 디재스터와 마갑 루브레스크, 적룡의 망토를 훔쳐 달아나던 그 흑인이다!

'분명히 그때는 영 제정신 아닌 것 같았는데?'

시한의 반응에 릴스타인이 실소하며 말했다.

"역시 그때의 훼방꾼은 너였구나."

뭐, 성시한이 디재스터를 휘두르고 다니는 시점에서 확인된 것이나 다름없긴 하지만.

시한은 알파의 갑주를 유심히 노려보았다. 색을 바꿔 칠해서 미처 몰랐는데, 잘 보니 익숙한 디자인이었다.

"그렇군, 마갑 루브레스크였나……."

"편의성이 아니더라도 루브레스크는 그 자체로 최강급 갑옷이니까 말이지."

자랑스러운 듯 릴스타인이 알파를 바라보았다.

"내 작품 중에서도 최고의 걸작에게 어울리는 물건이랄까?"

저 흑인 기사는 일반적인 크림슨 나이츠는 물론, 다른 무신급 소드하이어와도 격이 달랐다.

최초의 1인.

최초로 소환되었고, 가장 많은 진화를 겪었으며, 가장 많은 경험과 정보가 집약된 존재.

원래대로라면 성시한이 있어야 할 자리를 대신 차지한, 릴스타인이 꿈꾸었던 완성형 중의 완성형!

"넌 알파를 못 이겨, 시한."

알파가 재차 십이지검을 날렸다. 시한도 십이지검으로 맞섰다. 또다시 어지러운 광검의 난무가 펼쳐졌다.

콰콰콰쾅!

두 무신기의 충돌 아래, 두 무신급 소드하이어 역시 서로 맞부딪혔다. 디재스터와 알파의 클레이모어가 서로 얽히며 사방으로 전격을 퍼뜨렸다.

울리는 뇌성 속에서 점점 시한의 표정이 구겨지기 시작했다.

'윽?!'

분명히 십이지검끼리의 대결은 무승부였다. 성시한과 알파의 투기량은 거의 동등했다. 베타나 감마 등 다른 무신급 소드하이어와 마찬가지로.

다른 점은, 검술이나 투기술 운용 면에서도 큰 차이가 나지 않는다는 점이었다.

베타나 다른 이들은 혁명전쟁 말기의 성시한과 비슷한 수준이었다. 십 년 동안 수련을 닦아온 시한에 비하면 분명 부족한 부분이 있었다.

그런데 알파는 다르다.

십 년 동안 고련한 지금의 시한과 비교해도 큰 차이가 없다!

"크으으윽!"

시한은 계속해서 뒷걸음질 치며 식은땀을 흘려댔다. 릴스타인이 그럴 줄 알았다는 듯 말했다.

"시한, 네가 강한 이유는 그저 지구인이었기 때문이야."

만약 테라노어에서 태어났다면, 흔해 빠진 농민의 아들 이상은 아니었을 것이다.

"아니, 그 정도는 아니려나?"

사실 성시한도 무술의 재능이 낮지는 않다. 상당히 소질이 있다고 해도 무방할 것이다.

테라노어인이었다 해도 지금 나이 정도에 그럭저럭 기사급 수준은 되지 않았을까? 대충 이름난 기사단에 입단할 정도는 됐을지도 모른다.

하지만 그래봤자 무신이라 불리기엔 턱없이 모자란 재능이지.

"오! 위대하신 이계구원자, 지구에서 온 이계의 무신이여……."

릴스타인이 비웃음을 담아 조롱을 이었다.

"넌 이계에서 온 무신이 아니야. 그저 이계에서 왔기 때문에 무신이 되었을 뿐이지."

지금 성시한과 검을 맞대는 자 역시 똑같은 이계의 무신이었다. 시한이 가진 장점은 그 역시 모두 지니고 있었다.

문제는 알파가 신장 190㎝의 건장한 근육질 흑인이란 점이었다.

육체 능력만큼은 알파가 성시한보다 월등하게 높다!

"다른 부분이 엇비슷하다면, 결국 몸 좋은 놈이 이기는 법 아니겠어?"

알파가 투기를 더욱 끌어 올리며 성시한을 압박해 갔다.

"타아아앗!"

시한도 애써 반격하려 했다. 화려한 검술과 절묘한 몸놀림으로 허점을 파고들며 어떻게든 기세를 뒤집으려 노력했다.

하지만 압도적인 육체 능력 앞에선 전부 무용지물이었다. 같은 투기량이라도 알파의 육체 능력 증폭률이 훨씬 높은 것이다.

"으으윽!"

분명히 제대로 공방을 이어가는데도 힘 자체를 이길 수가 없다.

릴스타인이 밀리는 성시한을 향해 은근한 목소리를 건넸다.

"포기해, 시한. 네겐 승산이 없어."

"젠장!"

이를 갈면서도 성시한은 애써 머리를 식혔다. 어떻게든 이 상황을 타개할 방법을 찾아야 했다.

문득 그가 고개를 돌렸다. 그리고 조금 떨어진 곳에서 베타와 싸우고 있는 흑발의 여인을 바라보았다.

"카렌! 플레이그 블레스를 써!"

"네? 하지만 그러면 시한이……."

그녀는 베타에게 몰리는 와중에도 질병의 축복을 전개하지 않았다. 알파와 베타 모두 지구인인 만큼, 이들에게 먹힐 질병의 축복을 구사하면 성시한 역시 휘말리는 것이다.

그렇다고 거리를 벌리자니 이 봉인 공간의 영역이 고작해야 수십 미터 반경이라는 게 문제다. 플레이그 블레스를 전개하면 공간 전체에 영향을 주게 되어버린다.

시한이 다시 한 번 소리를 질렀다.

"어차피 다 같이 약해지잖아! 상황은 마찬가지야! 그럴 거면 카렌이라도 전력이 높아지는 게 나아!"

카렌의 눈빛이 바뀌었다. 생각해 보니 시한의 말이 옳았다. 곧바로 그녀가 검은 촉매 가루를 꺼내 들었다.

"크론 리자테여, 당신의 축복으로 내 적을 시험하소서!"

은빛 안개가 순백의 공간을 가득 뒤덮기 시작했다.

머리 위로 은빛 안개가 길게 드리운다. 전신에 고열이 오르고 두통이 일며 호흡이 가빠진다.

카렌이 발동한 질병의 안개는 삽시간에 수십 미터 반경을 뒤덮고 있었다. 릴스타인을 호위하던 18인의 회색 기사가 신음하기 시작했다.

"윽!"

"빨리 투기로 대응을!"

다들 투기를 운용해 질병에 대항했다. 대부분 기사급 수준이었는지 발동한 투기량이 고작해야 투사급 이하였다. 아무래도 이들은 그저 알파와 베타의 존재를 숨기기 위한 가림막에 불과했던 모양이었다.

반대편에선 백금발의 소녀가 연신 땀을 흘리고 있었다.

"으, 이건 도저히 익숙해지질 않네……."

플레이그 블레스의 범위는 수십 미터, 그런데 이 결계의 크기도 그와 엇비슷하다. 도망갈 곳 자체가 없는 것이다. 알리타가 애써 고통을 참아내며 이를 악물었다.

그녀를 힐끔거리며 카렌이 속으로 사과를 건넸다.

'미안해요, 알리타 양.'

그래도 플레이그 블레스를 사용한 보람은 있다. 덕분에 베타의 기량도 확 낮아졌으니까.

"적월의 사슬!"

카렌이 달빛 사슬을 펼쳤다. 붉은 화염의 사슬이 좌우로 날아들어 베타를 노렸다. 베타가 잽싸게 투기강을 휘둘러 사슬들을 튕겨냈다.

타탕!

푸른 투기강이었다. 찬란한 황금빛 투기가 아니었다.

질병으로 약화된 탓에 더 이상 무신급의 힘을 쓰지 못하는 것이다. 베타 주위를 날아다니는 십이지검도 이미 소멸된 지 오래다.

"으음……."

베타가 스스로를 살피며 감탄을 흘렸다.

"질병의 힘이 이 정도였단 말인가? 역시 전설처럼 전해질 만하군!"

"흥! 자기가 무슨 멀쩡한 기사라도 되는 것처럼 떠드네?"

코웃음을 치며 카렌이 몸을 날렸다. 자신 있는 분야인 접근전을 시도하는 것이었다.

아까까진 십이지검의 견제가 너무 심해 거리를 좁히기 힘들었지만 지금은 다르다.

순식간에 파고든 카렌이 베타를 향해 앞차기를 날렸다. 몸을 틀어 피하며 베타도 투기강으로 반격했다. 바로 다리를 접어 피하며 그녀가 자세를 바꿨다.

"타아앗!"

접은 다리를 뒤로 빼며 그 회전력으로 돌려차기, 상대가 머리를 젖혀 피하길 유도하며 바로 엘보 어택과 손등치기를 병행한다. 이 모든 것이 회오리처럼 거의 동시에 일어난다.

쉴 새 없이 이어지는 연타에 베타도 화려한 검술로 맞섰다.

"패왕기, 유수!"

상대의 기세를 흘리며 교묘하게 급소로 파고드는 유수의 공격이었다. 큰 동작으로 피하는 대신 카렌은 주먹에 흑월의 사슬을 감아 칼날을 짧게 쳐냈다.

투기와 신성력이 충돌하며 두 사람이 일순 흔들렸다.

콰아앙!

덕분에 베타에게 미세한 틈이 생겼다. 카렌이 눈을 빛냈다.

'아까는 파괴력의 격차가 너무 심해서 감히 시도할 엄두가 안 났지만⋯⋯.'

카렌의 로우킥이 이어졌다. 허벅지 바깥쪽이 아니라 무릎 안쪽을 노리는 식이었다.

베타가 흠칫하며 거리를 벌리려 했다.

"청월의 사슬!"

푸른 전격이 실린 사슬이 베타의 어깨로 날아들었다. 베타가 허겁지겁 패왕기로 맞섰다. 장검이 사슬을 튕겨내는 순간이었다.

"으윽?!"

사슬을 튕겨내긴 했는데, 베타도 똑같이 튕겨져 나갔다. 순간적으로 투기의 흐름이 헝클어지며 위력이 집중되지 않은 탓이었다.

"뭐지, 이건?"

베타는 당황하며 재차 참격을 뻗어냈다.

화려한 검무가 휘몰아치는 사슬 회오리와 연신 부딪힌다. 그때마다 베타 쪽만 계속 균형을 잃고 뒤로 물러선다.

카렌이 속으로 쾌재를 흘렸다.

'먹혀!'

바락이 발견한 성시한의 약점이자 지구인 소드하이어들의 약점을 노린 것이다. 일부러 신성력의 흐름을 헝클어뜨리며 계속 공격을 펼친다. 그때마다 베타의 투기 흐름이 헝클어지며 연신 뒤로 튕겨져 나간다.

하지만 그것도 잠시였다.

"무슨 수작을 부린 건지는 모르겠지만……."

몇 번 당하던 베타가 눈살을 찌푸리더니 다시 균형을 회복했다. 더 이상 물러서지 않고 제자리에서 카렌의 공격을 받아치기 시작한다.

"이 정도로 쓰러질 것 같은가!"

공방이 이어졌다. 카렌과 베타, 둘이 일진일퇴를 거듭하며 팽팽하게 싸우고 있었다. 카렌의 안색이 조금씩 굳어졌다.

'분명히 먹히긴 먹히는데…….'

방어 면에서 베타는 분명히 다른 크림슨 나이츠와 비슷한 약점을 지니고 있었다.

그런데 공격은 다르다. 공격은 여전히 위력적이다.

휘청대던 베타가 땅을 강하게 내디디며 수십 차례의 찌르기를 연신 날렸다.

"패왕기, 백열!"

"만월의 사슬!"

쏟아지는 투기의 폭우를 사슬의 방패로 막아내며 카렌은 침착하게 베타의 투기술 운용을 감지했다. 덕분에 이유를 찾아냈다.

'밸런스가 안 맞는 것은 맞아. 하지만 투기술에 대한 깨달음

이 전혀 없는 것도 아니야!'

카렌의 엉터리 신성술 흐름과 맞서면 베타의 투기술도 흐름이 깨진다. 그래서 제대로 방어하지 못하고 밀려 버린다. 여기까진 다른 크림슨 나이츠와 같다.

하지만 흐트러진 흐름을 바로잡는 속도가 너무 빠르다. 그렇기에 공격으로 전환할 땐 이미 제 위력을 지닌 투기술을 펼친다.

다른 크림슨 나이츠와 달리 일정 수준의 경지엔 도달해 있는 것이다. 대강 가늠해 보면 기사급 정도?

'역시 무신급쯤 되면 어느 정도 수준의 깨달음은 지니고 있다는 건가……'

그래야 이 상황이 설명이 된다.

무신기는 단순히 보고 베끼는 것이 불가능한 기예다. 십이지검이나 무극천광은 무식한 투기량에 비중을 둔 무신기라 그다지 높은 깨달음을 필요로 하지 않지만, 그래도 어느 정도는 투기술에 대한 기본적인 이해도는 지니고 있어야 한다.

깨달음은 철저히 개인적이고 독립적인 것, 남의 기술을 정신 연결로 입력하기만 해선 결코 얻을 수 없다. 그래서 성시한이나 바락도 릴스타인이 무신급만큼은 만들어내지 못할 거라 여겼다.

그런데도 무신급을 양산해 냈다면 방법은 두 가지.

성시한과 마찬가지로 순수하게 수련을 통해 깨달음을 얻었거나, 아니면…….

'처음부터 기사급 정도는 되었다는 소리? 그런데 지구인이 무슨 수로 소드하이어가 돼? 지구에는 투기술이란 게 존재하지 않는데?'

혼란스러워하는 카렌을 향해 베타가 후속타를 이었다.

"패왕기, 격멸!"

참격이 연신 쇄도했다. 카렌도 정신없이 받아쳤다. 공방이 이어지며 점점 그녀가 밀리기 시작했다.

초반엔 잠깐 당황했지만 이내 베타도 상황에 적응한 것이다. 약점을 공략해도 잠깐 위기에서 빠져나오는 것이 전부, 전황을 뒤집을 정도는 아니다.

'젠장…….'

상황은 여전히 좋지 않았다. 진땀을 흘리며 카렌은 옆을 힐끔거렸다.

'시한 쪽은 어떻지?'

*　　　*　　　*

성시한은 연신 밀리는 중이었다.

"크윽!"

사방에서 알파의 참격이 날아든다. 다행히 패왕기를 기본으로 한 공격이었기에 궤도를 읽기는 쉽다. 시한이 디재스터로 바로 받아쳤다.

콰앙~!

또 같은 상황이 벌어졌다.

기껏 잘 막아놓고 실 끊어진 연처럼 풀풀 날려간다. 힘과 체중에서 너무 밀리는 것이다.

"정말 더럽게 힘만 세네!"

애써 자세를 바로잡으며 시한도 반격에 나선다. 하지만 알파가 더 빨랐다.

어느새 유리한 위치를 선점한 뒤 후속타를 이어간다. 연계 공격 앞에 성시한의 반격이 꺾이고, 다시 육중한 타격이 전신을 강타한다.

"크윽!"

시한이 신음을 토하며 재차 투덜거렸다.

"정말 더럽게 빠르기만 하네!"

물론 전투란 게, 힘세고 빠르다고 승패가 갈리는 것만은 아니다. 하지만 다른 부분에서 크게 차이가 나지 않으면, 결국 힘세고 빠른 놈이 월등히 유리한 법이지.

억울한 점은 경험과 통찰력은 성시한이 그래도 우위에 선다는 것이었다.

분명히 상대가 어찌 나올지, 어떤 약점을 공략하면 될지 대충 보인다. 그런데 힘과 스피드에서 밀리니 그 약점을 노릴 수가 없다!

"젠장! 무신급인 주제에 육체 성능으로만 밀어붙이냐?!"

치를 떨며 욕설을 내뱉던 시한이 문득 묘한 표정을 지었다. 정작 내뱉고 나니 어디서 참 많이 듣던 소리였다.

'십 년 전 내가 들었던 소리구나, 저거.'

정확히는 론다르크 장군과 싸울 때 그가 투덜거렸던 소리였지.

어쨌든 지금은 뒤늦은 자기반성이나 하고 있을 때가 아니다. 힘겹게 숨을 몰아쉬며 시한은 알파를 노려보았다.

알파는 연신 땀을 흘리고 있었다. 카렌의 질병에 의해 고통스러워하는 기색이 역력했다. 십이지검도, 황금빛 투기도 더 이상 없다.

하지만 이는 성시한도 마찬가지다. 똑같이 골골대고 있고 똑같이 무신기를 쓸 수 없는 처지.

'이걸 어떻게 상대해야 하지?'

카렌처럼 지구인의 약점을 공략하는 방법은 크게 효과가 없었다. 성시한도 비슷한 약점을 지니고 있으니까.

많이 나아지긴 했지만 시한의 경지는 아직 달인급이다. 엉터리 투기술을 펼치면서 위력을 내는 것이 불가능하진 않지만, 효율이 너무 낮은 것이다. 간신히 초인급 한 명과 맞서 싸우는 란펠과 비슷한 경지랄까?

물론 제논은 미친 듯한 전투 센스와 초월적인 육체 능력으로 달인급임에도 오히려 초인급을 압도하고 있지만…….

'그건 그놈이 워낙 천재라서 가능한 것이고.'

뭐, 알파의 경지가 시한보다 좀 더 낮기는 해서 아주 효과가 없진 않았다. 틈틈이 약점을 공략하며 그는 계속 싸웠다.

시간이 흐를수록 점점 기력이 달려간다. 애써 정신을 집중하며 시한이 알파를 살폈다.

이제 역전할 방법은 하나뿐이었다.

'아무래도 저놈이 마법은 못 쓰는 것 같은데……'

정말 못 쓰는 것인지, 아니면 일부러 봉인한 채 소드하이어로만 싸우고 있는 건지는 모르겠다. 하지만 한 가지는 확실하다.

알파의 전법이나 전투태세는 마법 사용을 염두에 두지 않고 있었다. 본인이 마법을 쓸 생각도 없을뿐더러, 딱히 시한의 마법에 대비하는 것 같지도 않았다.

좀 이해하기 힘든 이야기였다.

본인이 마법을 못 쓴다면 쓸 생각 없는 것이야 그렇다 치자. 왜 상대의 마법마저 신경 쓰지 않는 걸까? 성시한이 플로어 마스터이기도 하다는 걸 모를 리 없을 텐데?

이 점이 영 마음에 걸려 여태 시한도 함부로 마법을 쓰지 못했다. 하지만 이렇게 된 이상 도박을 걸 수밖에 없다.

'그래, 마법은 그냥 릴스타인이 전담하기로 하고 소드하이어의 기량만 높였을 수도 있어!'

시한이 각오를 굳히며 알파에게 뛰어들었다.

알파 역시 힘과 스피드를 앞세워 맞섰다.

투기강이 얽히며 푸른 파동이 사방으로 퍼지고 또 퍼져 나갔다. 뇌성이 굉음이 되어 순백의 공간 안을 끝없이 울려 퍼졌다.

콰콰콰콰쾅!

시한은 힘겨운 검투를 이어가며 정신을 집중했다. 마법을 쓰기로 마음먹었지만, 함부로 마구 날릴 수도 없었다.

이 자리에는 알파와 베타만 있는 것이 아니다. 릴스타인 본인이 두 눈 벌겋게 뜨고 지켜보고 있다.

지금이야 저 두 무신급 소드하이어를 믿고 오만한 태도를 견지하고 있지만, 상황이 바뀌면 두고 보지 않을 것이다. 그리고 릴스타인이 일단 움직이면 마법 면에선 도저히 상대가 되지 않는다.

'일격, 단 일격에 처치해야 해!'

릴스타인이 미처 손쓰기도 전에 알파를 날려 버려야 한다. 그러기 위해선 가장 빠르고, 위력적이며, 치명적인 마법이 필요하다.

"타아아앗!"

시한은 기합을 터뜨리며 연신 디재스터를 휘둘러 댔다. 투기강의 폭풍 속에서 두 무신이 어지러운 전투를 이어갔다.

막 일검을 교차한 알파가 앞으로 나서며 투기강을 연달아 찔러왔다.

"패왕기, 백열!"

수십 줄기의 투기강이 빛살처럼 쏟아진다. 시한의 눈이 빛났다.

'기회다!'

그는 피하지 않았다. 모든 투기를 방어로 돌린 뒤 급소만을 지키며 오히려 파괴의 폭우로 몸을 던진다!

투기강이 연신 시한의 전신을 스쳐 지났다. 순식간에 온몸이 피로 물들었다.

하지만 그 대가는 충분히 컸다. 단숨에 당황한 알파의 코밑까지 파고들 수 있었으니까.

시한이 오른손을 내밀어 알파의 심장을 겨누며 시동어를 외쳤다.

"아케인 퍼니시먼트!"

눈부신 빛이 작렬했다. 장대한 폭발이 일어나며 후속풍이 사방으로 불었다. 물러서며 시한은 쾌재를 올렸다.

"먹혔어!"

적중 순간 기감으로 확인했다. 완벽하게 허를 찔린 알파는 투기를 방어로 돌리지 못했다. 온전히 모든 파괴력을 몸으로 감당했다.

이미 초인급으로 기량이 확 떨어진 알파였다. 설사 시한 본인이었다 해도 저 상황에선 즉사를 면하기 어려울 터!

'어떠냐, 릴스타인?'

시한은 의기양양하게 릴스타인을 돌아보았다. 그리고 당황했다.

그는 여전히 웃고 있었다.

"설마 그런 단순한 수법이 먹힐 거라 생각하는 건 아니겠지, 시한?"

"무슨?"

릴스타인이 의아해하는 성시한을 보며 친절하게 설명을 이었다.

"기감 말고 마력 감지 쪽도 좀 신경을 써."

화들짝 놀라 시한은 알파를 돌아보았다. 기감에만 집중하느라 미처 몰랐는데, 상당한 마력이 폭연 중심에서 느껴지고 있었다.

"방어 역장? 하지만 마력을 쓰는 낌새는 전혀 없었는데?"

"그렇겠지, 알파가 마법을 쓴 건 아니거든."

릴스타인의 비웃음과 함께 폭연 사이로 흑인 기사가 모습을 드러냈다. 시한의 표정이 한껏 일그러졌다.

알파의 마갑 루브레스크, 그 위에 걸쳐진 휘장이 은은하게 빛나고 있었다. 휘장에서 감지되는 마력 패턴이 꽤나 익숙했다.

"…블루 레이븐?"

정확히 말하면 레비나가 사용하던 블루 레이븐과 저 휘장에 걸린 방어 역장 마법이 동일한 것이었다. 천 년 전 루스클란 대제나 제작이 가능했던 수준의 아티팩트를 릴스타인은 자기 손으로 만들어낸 것이다.

릴스타인이 어깨를 으쓱거렸다.

"지구인에게 마법의 힘을 주는 건 분명 위험한 짓이지만, 마도구를 주지 않을 이유는 없잖아?"

일반 크림슨 나이츠야 소모품이니 신경 쓸 이유가 없지만, 알파 시리즈는 귀한 존재다.

"당연히 저 정도는 챙겨줬지."

알파가 재차 검을 겨누며 전투 자세를 취했다.

그때였다. 릴스타인이 알파에게 손짓을 건넸다.

"이 정도면 됐다. 돌아와라."

알파뿐 아니라 카렌과 싸우던 베타 역시 싸움을 멈췄다. 긴장한 시한과 카렌을 뒤로한 채, 천천히 후퇴하며 릴스타인 곁으로 돌아간다.

상대가 물러서는데도 시한과 카렌은 그 틈을 노릴 수 없었다. 그 대신 릴스타인이 앞으로 걸어 나왔으니까.

성시한이 긴장하며 그를 노려보았다.

"아까는 저 둘이면 충분하다며? 이제 와서 말을 바꾸는 거냐? 이럴 거면 처음부터 나서지 그랬어?"

릴스타인이 태연하게 대꾸했다.

"탐색도 안 하다가 뒤통수 맞고 싶지는 않거든."

현재의 성시한과 카렌을 확인했고, 알파 시리즈의 마지막

조정도 끝냈다. 만족할 만한 결과다.

테라노어 최강의 마기언은 마력의 영기를 피워 올리며 냉소를 머금었다.

"이제 과거의 인연을 정리할 시간이군."

Chapter 3

테라노어의 마신(魔神)

용병왕 바락은 흉벽에 기댄 채 거친 숨을 내쉬었다.

"헉헉⋯⋯."

온몸이 피투성이였다. 전신에 크고 작은 부상이 가득했다. 무신급 소드하이어를 무려 두 명이나 상대했으니 당연한 결과였다.

'어휴, 그나마 둘 다 시한 녀석과 비슷해서 망정이지⋯⋯.'

엡실론과 델타의 경지 자체는 성시한보다도 아래였다. 달인급은 고사하고 끽해야 투사급과 기사급을 오가는 정도였다.

덕분에 약점을 공략해 여태 버틸 수 있었다. 만약 상대가 정상적인 무신급 소드하이어였다면 아무리 바락이라도 벌써

관 짜고 드러누웠을 것이다.

한숨을 쉬는 바락의 옆에서 오십 대의 중년 사내가 치유술을 펼치고 있었다. 별의 성지 출신의 프린, 라멘트였다.

"일단 위급한 상황은 넘겼습니다만, 당분간은 절대 안정하셔야 합니다."

"느긋하게 쉬고 있을 상황이 아니지 않은가?"

바락이 다시 몸을 일으키려 했다. 하지만 이내 비틀거리며 무릎을 꿇었다.

"으윽……"

신음하는 그를 부축하며 라멘트가 말을 이었다.

"무리하지 마십시오. 완치되려면 2, 3일은 걸릴 겁니다."

"그렇게 오래 걸리나? 카렌은 한두 시간이면 대충 싸울 만한 상태로 만들어주던데?"

"그분이 특별한 겁니다!"

라멘트는 억울하다는 듯 항변했다. 그 역시 별의 성지 내에선 인정받는 고위급 성직자인 것이다.

"보통은 설사 교황이라 해도 상처를 완전히 아물게 하는데 하루는 걸려요."

"하긴 그렇지……"

바락도 바로 수긍했다.

워낙 답답해서 해본 소리지, 그 역시 저 사실을 모르진 않았다. 그리고 설령 부상을 치유했다 해도 어차피 당장 나가 싸울 만한 상태는 아니었다.

투기도 바닥났고 육체와 정신도 지칠 대로 지쳤다.

아무리 겉보기엔 동안(?)이라도 실제론 90세의 노인인 것이다. 이 나이에 회복이 그리 빨리 될 리가 없지.

"크, 늙으니 서럽구먼. 왕년엔 팔팔 날아다녔는데."

'지금도 잘만 날아다니시는 것 같던데.'

속으로 혀를 내두르면서도 라멘트는 바락에게서 손을 뗐다.

이제 그가 더 할 수 있는 일은 없었다. 다른 부상자를 찾아갈 때였다.

"그럼 무운을."

"아, 수고했네."

바락은 프린을 보낸 뒤 전장 쪽으로 시선을 돌렸다.

전장은 여전히 고착 상태였다. 백색 상아탑 측도, 크림슨 나이츠도 팽팽한 국면을 유지하며 대치 중이다.

하지만 저 상황이 오래가진 못할 것이다.

서로가 최상의 위력을 못 내게 되어 마치 약속 대련처럼 적당한 힘만 쓰는 양상이 되었다. 그리고 일대일에선 분명히 크림슨 나이츠가 시한 측 초인급 소드하이어보다 불리해졌다.

그렇다 해도 상대가 너무 많다!

제 실력을 못 낸다 해도 초인급이 무려 60명이었다. 시간이 지나면 지날수록 결국 힘의 균형이 깨질 터였다.

'그나마 다행인 건 저놈들이 안 끼어든다는 것이군.'

감마와 델타, 엡실론 등 세 무신급 소드하이어는 현재 전투에 참가하고 있지 않았다. 그들은 여전히 저 순백의 봉인 공간 곁에서 어떻게든 파고들 기회만을 엿보고 있었다.

만약 저들이 일반 크림슨 나이츠처럼 정신을 지배당한 상태였다면 저러고 있지 않았을 것이다. 그저 명령받은 대로 릴스타인이 위기에 처하든 말든 바락을 죽이는 데만 전력을 다했겠지.

물론 언제까지 저들이 저 태도를 유지할지는 아무도 모른다.

조금이라도 더 힘을 회복하기 위해 바락은 열심히 투기를 운용하며 호흡을 가다듬었다.

'그나저나……'

문득 바락이 주름진 눈으로 멀리 떨어진 순백의 공간을 바라보았다.

'저 안에서 대체 무슨 일이 벌어지고 있는 거지?'

* * *

영기의 불길이 이글이글 타오른다. 릴스타인의 전신을 휘감은 채, 당장에라도 터져 나올 것처럼 맹렬히 날뛴다.

그야말로 패도적인 기세의 마력이었다.

반면, 릴스타인의 안색은 실로 차분했다. 살기도 투지도 느껴지지 않았다.

그렇다고 전의가 없다는 의미도 아니다.

그저 한없이 느긋할 뿐.

그런 릴스타인을 노려보며 성시한은 이를 갈았다.

'여유가 넘치는군.'

하지만 오만하다며 비웃을 수도 없다. 충분히 그럴 자격이 있으니까!

성시한과 카렌, 둘이서 덤벼도 알파와 베타조차 감당하기 힘들었다. 여기에 릴스타인까지 끼어들면 승산 따윈 전무하겠지.

냉정하게 생각하면 여기선 후퇴하는 것이 옳았다. 자존심 따윈 내다버리고 후일을 도모해야 했다.

문제는, 사파란의 결계 때문에 도망도 못 친다는 점이다!

분명 죽은 사파란이 이 결계를 개발하긴 했다. 하지만 정작 결계 발동을 성공한 적은 없는 것이다. 실제로 결계를 펼쳐봐야 이후 해제하는 법을 개발하든 말든 할 것 아닌가?

창안자인 사파란은 결계를 펼칠 수가 없었고, 정작 발동이 가능한 성시한은 해제 술식을 만들 만큼 결계 마법에 조예가 깊지 않았다.

월드 오브 더 화이트에 발동 술식은 있어도 해제 술식이 없다.

결계를 거두는 방법은 부여된 마력이 자연적으로 소멸하길 기다리는 것뿐이다.

'제길, 일이 꼬이려니 이렇게까지 꼬이네.'

이 결계를 발동할 때만 해도 그리 큰 문제가 될 거라 생각지 못했다. 어차피 릴스타인만 처리하면 모든 것이 끝나니까.

하지만 상황이 이리 되어버리니 실로 천추의 한이다.

'할 수 없지……'

시한은 디재스터를 고쳐 쥐며 애써 투지를 끌어 올렸다.

'싸우는 수밖에!'

카렌 역시 전투태세를 취했다.

긴장한 두 사람을 보며 릴스타인이 안심한 표정을 보였다.

"역시 이 결계, 네 마음대로 접을 수는 없는 거였군."

"그것까지 신경 쓰고 있었어?"

"놓치면 곤란하니까. 시한, 네가 도망을 좀 잘 쳐야지?"

릴스타인이 알파와 베타만을 먼저 내세운 것은 단순히 전투 데이터를 얻기 위해서만이 아니었다. 혹여 불리해진 성시한이 결계를 해제하고 도망칠까 봐 계속 신경을 곤두세우고 있었던 것이다.

기가 막혀 성시한은 고개를 저었다.

"…정말 그 소심한 성격은 어디 안 가는군."

"조심해서 나쁠 건 없지."

릴스타인이 손을 들었다. 마력의 폭풍이 오른팔을 타고 휘몰아쳤다.

"뭐, 결론은 났어. 지금 너희들이 어느 위치에 있는지 알았다."

시한과 카렌의 안색이 창백해졌다.

어마어마한 마력량이었다. 압도적인 기운이 순백의 공간 전체를 잠식해 가고 있었다.

릴스타인이 비웃음을 던졌다.

"별거 없던데, 둘 다?"

*   *   *

돌다리는 충분히 두드렸다. 이제 건너는 일만 남았다.

손을 휘저으며 릴스타인이 마법을 발동했다.

"이그니션 레이!"

초고열의 붉은 섬광이 번뜩였다. 시한과 카렌이 황급히 몸을 날렸다.

둘이 서 있던 자리에 빛이 작렬했다. 고온의 섬광이 대지를 파헤치며 잇달아 폭발하기 시작했다.

콰콰콰콰쾅!

폭음과 함께 열기가 피어올라 시야를 이지러뜨린다. 어찌나 열기가 강한지 아지랑이가 피어오를 정도였다. 그 강력한 섬광이 멈추지도 않고 계속해 두 사람을 쫓아간다!

"크윽!"

시한은 쫓아오는 이그니션 레이를 보며 치를 떨었다. 패왕기의 용법에는 저 순수한 파괴의 힘을 막을 방법이 없었다.

그가 허공에서 몸을 틀며 투기강을 뻗어냈다.

"도룡기, 용울음!"

도룡기의 푸른빛이 이그니션 레이와 격돌해 빛을 발했다.

콰아아앙!

맞은편에선 카렌이 이를 악물며 신성술을 펼치고 있었다.

"백월의 사슬!"

냉기의 사슬이 풀려 나가 이그니션 레이의 진로를 막았다. 그리고 바로 녹아버렸다. 섬광에 깃는 열기가 강해도 너무 강했다.

단숨에 붉은 열선이 카렌의 턱 밑까지 치달았다. 그녀가 양손을 휘저으며 재차 달빛 사슬을 끌어냈다.

"만월의 사슬!"

사슬 방패 위로 열선이 작렬했다. 순식간에 사슬이 녹아내리며 끔찍한 고온이 카렌을 덮쳤다.

피부가 끓어오르고 머리카락이 불타며 가녀린 여인의 신체 전체가 화염에 휩싸였다.

"으윽!"

카렌은 비명을 터뜨리며 뒤로 물러났다.

이그니션 레이의 추격은 간신히 막았지만 그 대가는 끔찍했다.

아름답던 미녀의 모습은 간데없고 흉측한 화상의 흔적이 전신에 가득하다.

하지만 그 광경은 오래가지 않았다. 몇 발자국 물러서는 것만으로 모조리 재생해 버렸으니까.

시간을 거꾸로 돌리는 듯한 광경과 함께 카렌이 도로 미녀의 모습으로 되돌아왔다. 숨을 몰아쉬며 그녀가 믿을 수 없다는 표정을 지었다.

"무슨 이그니션 레이의 위력이 이렇게……."

이그니션 레이가 고위 마법이긴 하지만 이 정도는 아니다. 이건 거의 9층 마법과도 맞먹는 위력이 아닌가?

"오히려 내가 하고 싶은 소리다, 카렌."

릴스타인이 헛웃음을 터뜨렸다.

"무슨 재생력이 그렇게 강해진 거야? 이건 뭐 거의 생명체라고 하기도 힘든 수준이 되어버렸는데?"

어쨌든 이그니션 레이는 어떻게든 막았다. 이제 반격할 차례다.

성시한이 몸을 날리며 릴스타인을 노렸다.

"파천기, 유성우!"

수십 개의 투기가 유성처럼 쏟아져 허공을 가른다. 릴스타인이 손바닥을 뒤집었다.

"이 정도론 모자라."

시동어조차 없다. 그저 의지만으로 마법을 불러일으킨다.

빛의 장막이 솟아나 유성우를 가로막았다. 연달아 충격파가 터지는 가운데, 릴스타인이 노래하듯 말을 이었다.

"테라 애로우, 라이트닝 볼트, 거스트 오브 윈드."

원래 테라 애로우는 대지로부터 작은 돌화살을 창조해 내쏘아내는 하층 마법이다. 그런데 릴스타인의 테라 애로우는 달랐다.

허겁지겁 디재스터를 휘둘러 화살들을 부수며 시한이 이를 갈았다.

"이게 무슨 테라 애로우야?!"

돌화살 하나하나가 족히 사람 몸통만 하다. 화살이라고 하기도 민망한 사이즈인 것이다.

뒤이어 날아든 전격과 바람 역시 상식을 아득히 초월하고 있었다.

빛의 구렁이를 연상케 하는 어마어마한 크기의 뇌전이 대지를 타고 흐른다. 폭풍 역시 어찌나 강력한지 시한과 카렌 같은 초강자가 몸을 가누기조차 힘들 지경이다!

릴스타인이 피식 웃었다.

"뭘 놀라고 그래, 시한? 왕년에 네가 하던 짓이잖아?"

마력이 너무 높아서 마법의 기존 위력을 아득히 초월해 버린다. 바로 십 년 전 이계구원자 성시한이 마법을 구사할 때 일어났던 바로 그 상황이다.

"물론 내 쪽이 좀 더 효율적이긴 하겠지만."

릴스타인이 연신 두 사람을 몰아붙이며 주문을 이어갔다.

"플레임 애로우, 아이스 필⋯⋯."

이번에도 마찬가지였다.

불꽃의 화살이 거대한 화염 기둥 사이즈가 되어 두 사람의 머리 위를 내려친다. 잠깐 발밑을 얼려 움직임을 방해하는 얼음 결계가 강철에 필적하는 강도로 두 다리 전체를 사로잡는다.

"⋯임펄스 오브."

그 사이로 집채만 한 전격의 구가 사방에 뇌전을 뿌리며 굴러간다. 원래대로라면 끽해야 성인 머리통만 해야 할 전격의 구가!

파지지직!

귀청을 찢는 듯한 뇌성 속에서 시한은 투기를 폭발시켰다.

"투기진, 극광!"

그야말로 젖 먹던 힘까지 다해 사방으로 투기의 장막을 펼친다. 너울거리는 빛의 커튼이 릴스타인의 마법을 휘감고 소멸하고, 또 휘감고 소멸한다.

단순히 방어하는 정도였다면 증폭한 마법의 위력을 이겨내지 못했을 것이다. 하지만 지금 시한이 펼친 빛의 장막은 탄력성을 띤 채 폭염이며 전격 전체를 크게 휘감아 위력을 깎아내며 소멸시키고 있었다. 흘리기와 정면 방어를 동시에 행하는 셈이었다.

릴스타인이 감탄사를 터뜨렸다.

"극광을 저렇게 유연하게 펼쳐? 너도 십 년 동안 놀지는 않았구나, 시한."

"닥쳐, 이 자식아!"

흥분한 시한이 땅을 박찼다.

릴스타인에게 접근하며 그대로 허공을 가른다.

"파천기, 일섬!"

동시에 마력을 끌어 올려 권능으로 바꾼다. 그리고 마력 증폭술을 통해 최대 출력으로 끌어낸다!

"아케인 퍼니시먼트!"

자잘한 마법 따위 무시한 채 바로 최강의 9층 파괴 마법을 날려 버린 것이다. 굉음과 함께 투기와 마법의 협공이 릴스타인의 좌우로 날아들었다.

콰콰콰콰!

릴스타인이 가볍게 손을 내리 그었다.

"훗!"

이번에도 역시 시동어 따위 없었다.

그저 의지만으로 거대한 마력의 칼날을 생성해 닿는 모든 것을 가를 뿐!

파아아앗!

단순한 마력의 칼날이, 전력을 다한 파천기와 9층 마법을 동시에 박살 내버렸다. 파괴의 여파로 충격파가 터지며 시한과 카렌이 뒤로 날려갔다.

"윽!"

"꺄악!"

반면 릴스타인은 미동도 하지 않았다. 머리카락 한 올 흔들리지 않은 채 태연히 서 있다.

이미 그는 전신에 반투명한 마력 장막을 철저하게 두른 후인 것이다.

카렌이 간신히 몸을 가눈 뒤 경악하며 말했다.

맙소사, 대체 마력이 얼마나 높은 거지?"

현재 릴스타인이 보인 마력량은 성시한 이상이었다. 그러니까, 플레이그 블레스로 약화된 지금의 시한이 아니라 컨디션이 최고조일 때의 그를 능가한다는 소리다.

시한이 믿을 수 없다는 듯 뇌까렸다.

"설마 릴스타인은 질병의 축복에 영향을 안 받는 건가?"

릴스타인이 어깨를 으쓱였다.

"무슨 그런 섭섭한 소릴 하시나? 지금도 아파 죽겠는데."

카렌의 플레이그 블레스는 분명히 먹혔다.

"두통도 심하고, 몸도 쑤시거든? 집중력과 정신력도 절반 이하로 하락된 상태지."

시한과 카렌의 안색이 어두워졌다.

"지금 저게……."

"약해져서 골골대는 상황인 거라고?"

*   *   *

항상 연구를 게을리하지 않았다. 꾸준히 옛 동료들의 동향을 탐색하는 한편 그들의 능력과 기술 역시 최대한 파악해 왔다.

그 결과물은 실로 방대했다.

전공인 마법이 아닌 투기술조차도 이론화, 자료화하는 데 성공했다. 인간의 정신과 감정의 영역에 손을 뻗어, 종국엔 '전투 경험'이라는 정보화할 수 없는 부분마저도 최대한 근사치에 가깝게 정립했다. 비록 릴스타인 본인은 여전히 그 전투 경험 정보를 이해할 수 없었지만, 그 부분을 추출해 타인에게 부여하는 것은 가능한 레벨이 되었다.

이렇듯 많은 것을 이루었음에도 불구하고, 여전히 그는 한 분야만은 감도 못 잡고 있었다.

"이건 정말 모르겠더군."

자신의 오른손을 내려다보며 릴스타인이 쓴웃음을 지었다.

"도대체 무슨 원리로 이렇게 무조건 병이 걸리는 건지 말이야."

상아탑의 9층 마법조차도 초월하고, 초인급과 무신급 소드하이어의 양산에도 성공했으며, 차원 너머까지 영향력을 뻗칠 수 있음에도 단 한 명의 여인이 발하는 '기적'은 전혀 막을 수가 없다.

"아무리 고민해도 이것만은 대책이 안 서던데? 정말 대단해, 카렌."

결국 그가 내린 결론은 하나였다.

"아프면 아픈 대로 사는 수밖에."

마력으로 질병을 억제하며 집중력과 정신력을 최대한 유지한다. 덕분에 플레이그 블레스에 감염된 상태로도 그럭저럭 불편함 없이 움직일 수 있게 되었다.

하지만 그만큼 대가도 컸다. 육체와 정신을 보호하다 보니 실전에서 사용 가능한 마력량이 절반 이하로 줄어버렸다.

"마력이 깎이는 걸 막을 수 없다면, 그것까지 감안해서 마력량을 올려 버리면 되는 문제잖아?"

웃음 섞인 릴스타인의 말에 성시한이 인상을 썼다.

현재 릴스타인의 마력량은 완벽한 컨디션일 때의 시한보다도 높았다. 절반 이하로 깎인 지금조차도 인간의 한계를 넘어섰다는 소리다.

그럼 완전할 땐 대체 얼마나 마력이 높다는 건가?

"공간을 다루는 영역까지 간 사파란조차도 정작 본신 마력이 모자라 결계 발동을 못 했을 정도인데……."

힐끔 주위의 순백 결계를 바라보며 성시한이 믿을 수 없다는 표정을 지었다.

"도대체 무슨 수를 쓴 거야?"

시한을 빤히 바라보던 릴스타인이 문득 딴소리를 꺼냈다.

"…마기언이라는 작자들은 대부분 주절주절 떠들어대는 버릇이 있지. 특히 적 앞에서는 더더욱."

비릿한 웃음을 지으며 말을 잇는다.

"참 안 좋은 버릇인데, 이게 알면서도 무의식적으로 저지르게 돼. 연구자라는 입장이 아무래도 그렇거든?"

자신의 업적을 자랑하고 싶다는 욕망이 너무 커서 일어나는 실수다.

"그런 마기언을 상대할 때, 자신의 중요치 않은 정보를 넘겨주며 슬쩍 상대의 중요 정보를 끌어내는 것은 분명 나쁘지 않은 수법이지."

시한의 안색이 딱딱하게 굳었다. 실제로 그가 굳이 사파란의 정보를 릴스타인에게 꺼낸 이유가 저것이었다.

릴스타인의 마력이 인간의 한계를 초월했다는 건 사실 시한이나 카렌도 이미 알고 있었다. 백색 상아탑의 결계, 절멸의 하늘을 파훼할 때 이미 마력량을 드러냈으니까.

이유를 알아내기 위해 일부러 경악한 척 연기하며 대화를 유도한 것인데…….

'쳇! 들통났나?'

시한은 속으로 혀를 찼다. 릴스타인이 유들유들한 어조로 말했다.

"걱정 마, 시한. 나도 어쩔 수 없는 마기언이라, 알면서도 저 욕망을 이기기가 힘들거든?"

그가 재차 양손을 들어 올렸다.

"알려주지."

대해와도 같은 마력이 또다시 붉은 로브를 감싸며 타오르기 시작했다.

"확실히 너희들을 제압해 내 발밑에 무릎 꿇린 후에 말이야."

*　　　　*　　　　*

불길이 눈앞을 뒤덮는다. 가혹한 열기 사이로 뇌전이 들끓고 전광이 울부짖는다. 무수한 충격파가 터지며 항거할 수 없는 거력이 연신 몸을 두들긴다.

날아드는 대지의 해일 앞에 시한이 검을 내려쳤다.

"도룡기, 광룡!"

십여 미터의 투기강이 기나긴 찌르기를 감행한다. 흙더미가 사방으로 터지며 대지의 파도 한복판에 구멍이 뻥 뚫린다.

하지만 시한은 그 사이를 뚫고 지나갈 수 없었다. 무자비한 반동이 전신을 두들기고 있었다.

"크윽!"

그는 신음하며 재빨리 몸을 틀었다. 자세가 흔들린 틈에 열

줄기의 불꽃이 그를 노리고 있었다. 이대로라면 불길에 휩싸일 판이었다.

문제는 재차 투기를 끌어낼 타이밍이 아니라는 것!

"포스 실드!"

아슬아슬하게 시한이 마법 발동을 성공했다. 마력의 방패가 불꽃의 융단폭격을 간신히 걷어냈다.

그러나 이어진 릴스타인의 연계 마법마저 막아낼 정도는 아니었다. 뇌전의 폭우가 시한을 강타하며 대규모 폭발을 일으켰다.

콰콰쾅!

폭발 속에서 시꺼멓게 그은 형체가 빠져나왔다. 온몸에서 연기를 내뿜고 있는 시한이었다.

마법에 강타당하는 순간 모든 투기를 방어로 돌려 간신히 몸을 보호한 것이다. 그럼에도 상당한 충격을 받았는지 투기 흐름이 헝클어질 대로 헝클어진 상태였다.

"헉, 헉헉……."

숨을 헐떡이는 시한의 귀에 릴스타인의 비아냥이 들렸다.

"아직 한 발 남았다."

머리 위로 빛의 기둥이 작렬한다. 순수한 마력의 빛, 퓨어 라이트 스피어였다. 화들짝 놀란 시한이 디재스터를 높이 쳐들었다.

"파천기, 산울림!"

푸른 파동이 빛의 기둥과 격돌해 또다시 폭발을 끌어냈다. 겨우 후속타를 막아낸 시한의 안색이 창백해졌다.

아까부터 그는 도룡기와 파천기만으로 싸우고 있었다. 패왕기에 비해 투기 소모율이 월등히 높은 것이다.

'하지만 패왕기는 써봤자고……'

일대일에 특화된 패왕기는 분명 소드하이어끼리의 대결에서 최고의 힘을 발한다. 그러나 상대가 마기언, 특히 대규모 폭격을 날리는 타입이라면 별 쓸모가 없다.

같은 이유로, 카렌은 시한보다도 더욱 상황이 좋지 않았다.

날아드는 전격이 달빛 사슬을 산산이 부숴 버린다. 힘겹게 몸을 튼 카렌의 좌반신이 감전되어 시커멓게 그을어진다.

"크윽!"

카렌은 신음하며 재빨리 재생력을 끌어냈다. 그리고 암담해했다.

'이런……'

겨우 몸을 치유하긴 했지만 그만큼 신성력을 소모해 버렸다.

시한과 달리 그녀의 강점은 근접 격투에서 나온다. 지금처럼 마법의 융단폭격 앞에선 선택지가 극도로 좁아지는 것이다.

어떻게든 달빛 사슬의 속성을 변화해 가며 맞서보려 했지만 그때마다 전신의 부상이 늘어나고 있었다. 재생력이 없었다면 진작 쓰러졌을 상황이었다.

끝없이 쏟아지는 릴스타인의 마법 앞에 성시한과 카렌은 그저 제 한 몸 지키는 것만도 벅찼다. 그만큼 그의 힘은 압도적이었다.

하지만 시한은 투지를 잃지 않았다.

"흥! 이 정도로 쓰러질 것 같아?!"

투기와 마법을 병행하며 그는 릴스타인의 허점을 파고들었다. 상대적으로 마법의 위력이 약한 부분을 노리며 조금씩 거리를 좁힌다.

그 모습을 본 릴스타인이 빙그레 웃었다.

"잘하는데? 대마법전 경험은 없었잖아, 너."

십 년 전만 해도, 그냥 아무 짓 안 해도 모든 마법을 무효화시킬 수 있었으니까.

"테라노어 돌아와서 연습 많이 했나 봐?"

힘겨운 와중에도 시한은 비아냥으로 응수했다.

"네 녀석 조진다니까 연습을 도와주겠다는 사람이 많더라고. 그러게 평소 인망 좀 쌓고 살지 그랬어?"

조금씩 성시한의 움직임이 좋아졌다.

점점 자연스럽게 릴스타인의 폭격을 피해간다. 마법을 피하거나 흘리는 횟수 역시 많아진다.

시한의 표정이 희미하게 밝아졌다.

'좋아! 익숙해졌어!'

그리고 도로 어두워졌다.

이어진 릴스타인의 목소리 때문이었다.

"그런데 시한, 사실 내 주 전공은 파괴 마법이 아니거든?"

즉, 현재 릴스타인은 자신의 전공도 아닌 부분에서 이런 압도적인 우위를 점하고 있는 것이다.

그가 구사하던 마법의 계통을 바꿨다.

"일어나라, 대지의 병사들아!"

땅바닥이 꿈틀대며 흙더미가 모여들어 형체를 이룬다. 이내 칼과 방패를 든 흙 인형 한 무리가 모습을 드러냈다. 카렌이 이를 갈았다.

"흙 골렘? 이따위로 우릴 막겠다는 거야, 릴스타인?"

아무리 마력이 높아봤자 골렘은 재질상 강도에 한계가 있다. 시한과 카렌을 너무 무시하는 처사인 것이다.

푸른 투기강과 달빛 사슬이 동시에 뻗어갔다. 일격에 이들을 박살 내버릴 심산이었다.

릴스타인이 고개를 저었다.

"막을 수 있을걸?"

골렘들이 일제히 방패를 들었다. 도룡기와 달빛 사슬이 방패와 충돌해 폭발을 일으켰다. 충격으로 대기가 흔들리며 굉음이 울렸다.

콰아앙!

시한의 안색이 창백해졌다.

"뭐, 뭐야?!"

흙 골렘은 멀쩡했다. 아니, 금 하나 가지 않았다.

상식 밖의 결과였다.

"예전과 달리, 골렘의 부위별로 마력 부여에 차별화를 두었거든."

릴스타인이 오른발로 바닥을 쓸었다.

"다른 부위야 그냥 돌덩이겠지만, 방패만은 달빛 사슬이나 투기강도 막을 수 있어. 이미 크림슨 나이츠로 실험도 끝냈지."

발로 바닥을 쓰는 행위가 곧바로 술식으로 이어지고 마법으로 완성된다. 이내 바람의 정령수가 허공에 생성되며 폭풍의 날개를 펼쳤다.

새애애애액!

파공음과 함께 바람의 새매가 두 사람의 머리 위로 날아들었다. 지상에선 흙 골렘이 방패를 앞세운 채 차분한 진격을 이어갔다.

순식간에 포위되어 버렸다.

시한과 카렌이 몰려오는 소환수들을 향해 공세를 퍼부어댔다.

"도룡기, 팔각!"

"청월의 사슬!"

＊　　　　＊　　　　＊

성시한은 디재스터를 휘두르며 계속해 파천기를 휘둘렀다. 카렌 역시 달빛 사슬과 절묘한 근접 격투술을 사용해 몰려오는 정령수들을 상대했다.

처음에는 계속 밀리기만 하던 두 사람이었다. 그러나 시간이 조금 지나자 양상이 달라졌다.

방패를 앞세워 흙 골렘 2기가 검을 찔러온다. 투기강조차 막아내는 저 방패를 그냥 부술 순 없다. 그래서 시한은 교묘히 힘의 흐름을 바꿨다.

"파천기, 유수!"

유수의 흐름으로 방패를 미끄러뜨리며 흙 골렘의 몸통에 연타를 가한다. 방패를 제외한 다른 부분은 아무래도 마력의 응집도가 약하다. 이내 흙 골렘 2기가 박살 나 사방으로 흩어졌다.

카렌은 냉기의 사슬로 바람의 정령수들을 상대하고 있었다.

"백월의 사슬!"

바람의 정령수 역시 날개 부분은 마력 응집으로 인해 강력한 강도를 지니고 있었다. 그러니 달빛 사슬만으로 파괴할 순 없었다.

하지만 사슬을 얽매어 움직임을 제한한 뒤 직접 몸통을 가격하는 것은 가능하다!

"타아앗!"

사슬을 당기며, 몸을 날리며 카렌은 연달아 점핑 킥을 날렸다. 소용돌이처럼 회전하며 이어지는 연타 앞에 정령수들이 점점 박살 나 소환이 해제되어 버렸다.

순식간에 정령수의 숫자가 절반 이하로 줄었다.

릴스타인이 떨떠름한 표정을 지었다.

'이런, 분명 내 전공은 이쪽인데 오히려 직접 공격 마법보다 효력이 떨어지잖아?'

아무래도 소환수가 파괴 마법보다 마력의 영향을 덜 받는 탓이었다. 아무리 마력을 투자해 봐야 소환의 촉매가 된 질료의 한계를 넘어설 순 없으니까.

릴스타인은 멋쩍은 듯 뺨을 긁었다.

"거참, 사파란처럼 무식하게 마법을 폭격해 대는 건 취향이 아닌데."

아무래도 좀 더 보강할 필요가 있을 것 같다.

"이것도 체크해 놓아야겠군. 할 것 많네. 심심하지 않아서 좋다고 해야 하나?"

물론 어디까지나 릴스타인 기준에서 효력이 덜하다는 것이지, 싸우는 시한과 카렌 입장에선 침이 마를 지경이다.

"크, 크윽!"

시한은 정신없이 디재스터를 휘두르며 이를 악물었다. 일일이 투기강으로 골렘들을 하나하나 상대해야 하니 기력 소모가 너무 컸다.

'십이지검이라면 일거에 날릴 수 있을 텐데!'

하지만 플레이그 블레스 때문에 무신기를 쓸 수가 없다. 그렇다고 플레이그 블레스를 풀어버리면 겨우 기량을 깎아놓은 알파와 베타가 도로 무신급의 힘을 되찾을 것이다.

'어째야 하지?'

시한은 식은땀을 흘렸다.

이대로라면 계속 싸우다간 지쳐서 아무것도 하지 못하게 되어버린다. 더 지치기 전에, 반격할 힘이 남아 있을 때 승부를 걸어야 한다.

'그런데 도대체 무슨 수로? 지금도 릴스타인의 털끝 하나 건드리지 못했는데?'

무릇 마기언이란 원거리 전투 전문가다. 상대의 접근을 허용하는 것 자체가 패배인 만큼, 그들은 원거리 전투에 심혈을 기울이게 되어 있다.

투기든 마법이든, 지금 시한이 원거리에서 릴스타인을 공격할 방법은 전혀 없었다. 실제로 틈을 봐서 몇 번 시도했지만 죄다 무용으로 돌아가기도 했다.

'틈을 노려서 접근해야 해. 가까이 다가가지 못하면 기회가 없어!'

하지만 어떻게? 이제껏 그 방법이 없어서 계속 몰리고 있는 것 아닌가?

그때였다.

정신없이 싸우며 잠시 카렌과 시한이 등을 마주하게 되었다. 그 순간, 카렌의 속삭임이 시한의 귀에 들렸다.

"…하도록 해요, 시한."

성시한이 눈을 크게 떴다.

"그, 그건 너무 위험……."

잔뜩 각오한 표정으로 카렌이 시한의 말을 끊었다.

"그 방법밖에 없어요."

말이 끝나기도 전에 그녀가 땅을 박찼다. 오른손을 머리 위로 뻗어 달빛 사슬을 쏘아내며…….

"흑월의 사슬!"

동시에 골렘들 앞에 몸을 날린다.

자연스럽게 흙 골렘들이 검을 찔러왔다. 카렌은 방어하지 않았다. 그저 각오한 눈빛으로 이를 악물 뿐이었다.

일곱 자루의 석검이 일제히 카렌의 전신을 꿰뚫었다. 극심한 고통과 함께 그녀가 눈을 부릅떴다.

"……!"

정령수 무리를 조종하고 있던 릴스타인이 당황해 잠시 굳었다.

'엥, 저런 미친 짓을?'

남은 왼손으로 카렌이 마저 권능을 발동했다.

"백월의 사슬!"

냉기의 사슬이 흙 골렘 무리를 모조리 휘감았다. 흙 골렘이 황급히 검을 빼려 했지만 빠지지 않았다. 이미 카렌의 체내에 깊숙이 박혀 고정되어 있는 것이다.

또한 바람의 새매 무리 역시 그녀의 달빛 사슬에 모조리 제압된 상태였다. 자신의 몸을 던져 한 방에 모든 정령수를 제압해 버린 것이다.

그 틈에 성시한이 몸을 날렸다.

"타아앗!"

모든 힘을 폭발시키며, 수십 미터의 거리를 순식간에 좁힌다.

인간을 초월한 속도로 인간의 인지보다 더 빠르게 움직이며, 남은 투기를 모조리 끌어내 가장 길게, 가장 멀리 뻗어낸다!

"파천기, 천검!"

그것은 분명 평범한 인간의 반사 신경을 초월하고 있었다. 그리고 아무리 강력한 마기언이라도, 반사 신경은 분명 평범한 인간 이상은 아니다.

릴스타인의 두 눈이 휘둥그레 커졌다. 연기가 아니라 진심으로 경악한 표정이었다.

"아차!"

푸른 섬광이, 붉은 로브의 사내에게 내리꽂혔다.

극심한 통증이 온몸을 쥐어짠다. 너무도 아프고 또 아파서, 당장에라도 정신을 놓고 쓰러지고 싶다.

무려 일곱 자루나 되는 칼날이 전신에 틀어박혀 있었다. 하나하나가 피부를 뚫고 근육을 가르고 내장을 찢어발기는 참혹한 상처였다.

보통 사람이라면 이것만으로도 즉사하기에 충분하다. 아니, 설령 숨이 붙어 있다 해도 쇼크로 인해 사망할 것이다.

하지만 카렌은 죽지 않았다. 기절하지도 않았다.

가공할 정신력으로 정신을 유지하며 그녀가 양손을 휘둘렀다.

"타앗!"

날카로운 수도가 신성의 칼날을 머금어 일곱 자루의 석검을 모조리 분질렀다. 이내 카렌이 흙 골렘의 포위망 밖으로 몸을 날렸다.

거리를 벌리며 그녀는 허겁지겁 몸에 박힌 석검들을 뽑아냈다. 그때마다 피가 솟구치며 주위를 시뻘겋게 물들였다.

석검이 제거된 그녀의 상처가 아물기 시작했다. 하지만 그 속도는 극히 느려진 상태였다. 아까처럼 빠르게 육체가 재생되지 않고 있었다.

카렌은 몸 상태를 살피며 식은땀을 흘렸다.

'…한계인가?'

지나치게 무모한 짓이었다.

무한한 재생력을 지닌 그녀라도, 그 원천은 어디까지나 신성력에 기반한다. 신성력이 완전히 고갈되면 더 이상 재생도 없다.

무려 일곱 자루나 되는 석검이 온몸을 꼬치처럼 꿰어놓았으니, 아무리 카렌이라도 심각한 타격을 입을 수밖에 없는 것이다. 솔직히 그 자리에서 즉사하지 않은 것만도 행운이었다.

하지만 그 덕에 절호의 기회를 잡을 수 있었다. 일말의 희망을 안고 카렌은 시한 쪽을 돌아보았다.

희망은 이내 절망으로 바뀌었다.

*　　　*　　　*

십여 미터의 거대한 투기강이 가교처럼 두 사람 사이에 놓여 있었다.

검은 눈동자를 지닌 흑발의 청년과 금빛 눈동자의 붉은 로브 사내가 서로를 바라보며 상반된 표정을 짓는다.

흑발의 청년, 성시한이 욕설을 흘렸다.

"빌어먹을……."

분명히 그가 날린 공격은 릴스타인을 정확히 노렸다. 하지만 그를 꿰뚫진 못했다.

어느새 두 기사가 양쪽에서 투기를 발한 채 장검을 교차해 천검을 막아낸 것이다.

"우리는 폐하의 검이자!"

"충실한 방패이니!"

"폐하께 위해를 가하는 그 무엇도!"

"우리를 뚫을 순 없으리라!"

고풍스러운 대사를 외치며 알파와 베타가 검을 쳐냈다. 팅겨진 파천기를 수습하며 시한이 비틀거렸다.

릴스타인이 쓴웃음을 지었다.

"대체 말투가 왜 이런지 모르겠단 말이야? 이런 건 입력한 적 없는데. 역시 의식의 문제인가?"

그는 중얼거리며 성시한을 바라보았다. 칭찬을 건네며 말을 잇는다.

"훌륭하다, 시한. 방금 그 일격은 전혀 예상하지 못했어. 내계산으론 절대 접근을 허용하지 않았을 것이거든."

대부분의 마기언이 그렇듯, 릴스타인 역시 대 소드하이어 전투에서 가장 신경 쓴 부분은 근접전이었다. 얼마나 근접전을 잘 피해가는가, 얼마나 확실히 원거리에서 승부를 보느냐에 집착해 왔다.

그리고 확신했다.

지금의 자신이라면, 상대가 그 누구라도 결코 접근을 허락하지 않을 것임을!

"그래놓고 보란 듯이 한 방 먹었네. 이놈의 확신, 참 자주도 깨진단 말이지."

릴스타인이 혀를 차며 평소의 말버릇을 입에 담았다.

"역시 인간이란 실수를 저지를 수밖에 없는 존재라니까."

확신과는 별개로, 그는 만일의 사태가 벌어질 수 있음을 잊지 않았다.

소드하이어의 순발력이나 반사 신경은 마기언과는 비교도 되지 않는다. 아무리 압도적으로 유리한 상황이더라도 앗, 하는 순간 계산 밖의 일이 벌어지면 곧바로 치명적인 허점으로 이어진다.

실제로 테라노어 역사에서 많은 고위 마기언들이 저런 이유로 실력이 떨어지는 소드하이어에게 죽곤 했었다.

"그래서 이들이 있는 거지만."

릴스타인이 알파와 베타를 가리켰다.

분명 그는 성시한이 저런 식으로 기습할 줄 전혀 예상하지 못했다. 하지만 경지가 비슷한 알파와 베타는 시한의 움직임을 감지하고 바로 반응할 수 있는 것이다.

바로 움직였고, 훌륭하게 주군에게 가해진 공격을 방어해 냈다.

"아무리 자료를 모으고 정보를 수집해도 마기언인 이상은 알 수 없는 부분이 있지."

소드하이어의 공방 감각, 이론만으로는 저 특유의 '감각적인 영역 다툼'을 완벽히 해명할 수가 없다.

"해명한다 해도 실전에서 알아볼 눈도 없고."

그래서 일부러 알파와 베타를 물러서게 했다.

릴스타인이 홀로 시한과 카렌을 상대한 이유는 단순히 초월적인 힘을 얻었으니 잘난 척을 하겠다는 의도가 아니다. 혹시라도 닥칠지 모를 만일의 사태를 대비해, 그 만일의 사태조차도 없애 버리겠다는 것이다.

"나 원 참……."

기가 막혀 시한이 한숨을 내쉬었다. 조심성 많은 것도 정도껏이지…….

"왜 그렇게까지 하는 거야? 그럴 바엔 차라리 저 두 놈을 움직여서 단기간에 승부를 결정짓는 게 더 낫잖아? 오히려 그게 더 유리하겠다."

릴스타인은 그렇게 생각지 않는 듯했다.

"세간에 공격이 최선의 방어라는 소리가 있는데……."

그가 비웃으며 말을 이었다.

"보통 그런 소리하는 놈들은 자주 맞더라고?"

릴스타인이 손짓을 했다.

"난 맞는 게 싫거든."

알파와 베타가 도로 뒤로 물러섰다. 그리고 검을 쥔 채 경계 태세를 취했다.

"한 대 맞고 열 대 때리느니, 한 대도 안 맞고 한 대씩 때리는 게 낫지."

*   *   *

절대자의 권능이 공간을 뒤덮는다. 압도적인 힘이 사방에서 쇄도해 온다.

폭염, 뇌전, 냉기, 빛과 어둠.

다양한 속성의 마법이 성시한을 끝없이 두들겨 댔다. 밀려오는 파괴의 해일 앞에서 그는 계속해 피를 흘리고 있었다.

"으으윽!"

시한은 신음하며 이를 악물었다.

도무지 이 상황을 벗어날 길이 보이지 않았다. 대해와도 같던 투기는 바닥을 드러낸 지 오래였다.

하지만 마력은 다르다. 물론 마력도 고갈된 지 오래지만, 그에겐 배틀 메디테이션과 마력 증폭술이 있는 것이다.

몰리는 와중에도 열심히 고갈된 마력을 재충전한다. 전신의 마력을 증폭시키며 성시한이 시동어를 외웠다.

"서먼 코메트!"

마법은 발동되지 않았다.

실패한 마력이 사방으로 흩어지며 그 사이로 릴스타인의 불길이 쇄도했다. 대폭발 속에서 시한이 정처 없이 날려갔다.

콰콰콰쾅!

폭음 사이로 비웃음 섞인 릴스타인의 목소리가 들렸다.

"생각을 좀 하고 살아, 시한. 공간 차단 결계 안에서 서먼 코메트가 발동될 리 없잖아?"

그때였다. 나가떨어진 성시한이 갑자기 몸을 바로 하더니 바로 마법을 이었다.

"퓨어 라이트 스피어!"

흩어진 마력이 한꺼번에 응집하며 거대한 빛의 창이 된다. 그 빠른 전환은 처음부터 시한이 이것을 노리고 있었음이 명백하다는 증거였다.

애당초 이 공간에서 서먼 코메트가 발동되지 않는다는 건 그도 잘 알고 있었던 것이다.

릴스타인의 안색이 살짝 굳었다.

"윽?"

빛의 창이 허공을 가르며 릴스타인에게 날아들었다. 그리고 곧바로 마력 장막에 가로막혔다.

파아아앗!

빛의 창을 소멸시키며 릴스타인이 쓴웃음을 지었다.

"이거 미안하군. 생각 없이 사는 건 아니네?"

성시한은 창백해진 얼굴로 그를 노려보았다.

'허점이 전혀 없어.'

이번에도 분명 허를 찌르긴 했다. 하지만 릴스타인은 처음부터 성시한이 '뭔지는 모르겠지만 하여튼 절묘한 수법으로 자신을 속여 반격을 할 것이다'라는 걸 전제로 삼은 채 싸우고 있었다. 그러니 아무리 빈틈을 노려봐야 그것까지 전부 감당해 버린다.

'어쩌지?'

순수한 전투 능력만으로도 전혀 상대가 안 된다. 그만큼 현재의 릴스타인은 압도적인 권능을 지닌 괴물이 되었다.

그런 괴물이 방심조차 하지 않는다. 모든 경우의 수를 전부 없앤 후에야 오만하게 웃으며, 웃는 와중에도 자신이 실수할 거란 염려를 버리지 않는다.

문득 릴스타인이 옆을 돌아보았다.

"카렌은 슬슬 힘이 다했나 보군."

그녀는 수십의 정령수 사이에서 힘겨운 사투를 이어가고 있었다.

전신을 피로 물들인 채 사색이 된 얼굴로 격투술을 펼치고 달빛 사슬을 날린다. 그때마다 정령수가 부서지고, 부서질 때마다 폭발이 일어나 무수한 파편을 그녀에게 쏟아낸다.

소환계는 촉매가 되는 재질의 한계로 아무리 마력을 높여도 강도나 위력이 함께 따라오지 않는다. 그래서 릴스타인은 전투 중에도 바로 개선점을 찾았다.

어차피 부서지는 걸 막을 수 없다면, 붕괴와 동시에 자폭시켜 버리는 것이다. 자폭의 위력은 또 투입한 마력에 영향을 받으니까.

또다시 소환수 하나가 장대한 폭발을 일으켰다.

콰아앙!

"아윽!"

파편에 관통된 카렌이 비명을 질렀다. 진지한 표정으로 릴스타인이 고개를 끄덕였다.

"역시 소환계는 이런 식으로 운용하는 것이 나은가."

그 모습에 시한의 안색이 더더욱 굳어갔다.

절대적인 힘을 손에 넣고도 릴스타인은 자신의 능력에 만족하는 것보다 모자란 부분을 개선하는 걸 우선순위로 두고 있었다.

노력하는 천재가, 방심조차 없이 스스로의 부족함을 인정하며, 하늘을 올려다본 채 발밑을 살핀다.

'…도대체 저걸 어떻게 이기라는 거야?'

칠흑 같은 절망이 성시한의 심장을 옥죄기 시작했다.

*   *   *

빼애액!

새매 형태를 한 바람의 정령수가 외마디 비명을 지른다. 동시에 산산이 흩어지며 강렬한 충격파를 사방으로 퍼뜨린다.

대기를 가르는 바람의 칼날이 카렌을 노렸다. 힘겹게 팔을 들어 그녀는 공격을 방어했다. 하지만 이미 몸을 지켜줄 성광의 빛은 너무도 희미했다.

팔이 잘렸다.

피가 솟았다.

"……!"

카렌은 고통으로 눈을 부릅뜬 채 땅바닥을 데굴데굴 굴렀다. 눈앞이 캄캄해지고 있었다. 간신히 정신을 차린 뒤 그녀가 재생력을 발동하려 했다.

상처는 아물지 않았다. 더 이상 육체를 재생할 신성력이 남아 있지 않은 것이다. 그나마 희미하게 남은 재생력으로 간신히 지혈하는 것이 전부였다.

과하게 피를 흘린 나머지 눈앞이 어지럽다.

"으으……"

불굴의 의지력으로 버티고 또 버텼다. 하지만 결국 끝이 오고야 말았다.

순백의 공간을 뒤덮고 있던 은빛 안개가 서서히 사라지기 시작했다. 반갑다는 듯 릴스타인이 주위를 둘러보았다.

"아, 이제 좀 살겠군."

카렌의 플레이그 블레스가 거두어지며 그토록 그를 괴롭히던 질병 역시 가라앉은 것이다. 알파와 베타 역시 다시 전신을 황금빛 투기로 뒤덮어갔다.

남은 정령수들이 일제히 카렌에게 덤벼들었다. 쓰러지기 일보 직전인 그녀가 상대할 방법 따위 있을 리 없었다.

그럼에도 포기하지 않고 카렌이 다시 자세를 취하려던 찰나였다.

파아아앗!

갑자기 그녀의 가슴께에서 검은 연기가 피어올랐다. 연기가 삽시간에 카렌을 뒤덮고 그나마 얼마 남아 있지 않은 신성력마저 억누르기 시작했다.

카렌의 심장을 유지시켜 주던 안티프레이어의 핵, 그것이 신성력과의 균형이 깨지자 오히려 그녀를 죽이려 드는 것이다.

'하, 하필 이때!'

카렌은 당황하며 목걸이를 뗐다. 덕분에 안티프레이어의 폭주는 막았지만 도로 아무 능력이 없는 일개 처자로 돌아갔다. 아니, 언제 터질지 모르는 유리 심장의 소유자가 되었으니 실은 그만도 못한 처지다.

"으윽!"

그녀는 서 있을 힘조차 없어 바닥에 쓰러졌다. 그런데 정령수들이 오히려 뒤로 물러서더니 자취를 감췄다. 릴스타인이 마법을 거둔 탓이었다.

딱히 카렌에게 동정심이 생겨서는 아니었다.

"…뭐지, 저 현상은?"

속사정을 모르는 릴스타인에겐 난생처음 보는 기현상이었다. 그리고 대부분의 마기언이 그렇듯, 릴스타인 역시 호기심이 생기면 해명하는 것이 최우선이었다.

"이유를 알아낼 때까진 일단 살려둬야겠군."

간신히 목숨은 건졌지만 이미 한계를 넘어선 지 오래다. 결국 카렌은 정신을 잃었다.

'카렌……'

시한은 눈을 감았다.

이미 전의는 사라졌다. 무슨 수를 써도 이길 가능성은 없었다.

"정말… 터무니없을 정도로 강해졌네, 릴스타인."

성시한의 입에서, 모든 것을 포기한 자 특유의 허탈한 음성이 흘러나왔다.

"네 덕분이야, 시한."

릴스타인이 빙그레 웃으며 대꾸했다.

"네가 있었기에 깨달을 수 있었지."

얼핏 온화하기까지 한 얼굴로…….

"운명이란 게 얼마나 불합리한지."

차가운 목소리로 중얼거린다.

"그리고 그 어떤 강자라도 운명 앞에선 자유로울 수 없다는 사실을."

그토록 강력했던 루스클란 제국이었다. 많은 이가 광제에게 대항했고, 죽어갔다.

그중에는 분명 영웅이라 불리기에 충분한 이도 많았다.

혈통, 재능, 노력, 신념.

저 모든 것을 지닌 이들조차도 천년의 세월 동안 굳어진 세상을 바꿀 순 없었다.

천년의 시간을 꺾은 건 뜬금없이 하늘에서 뚝 떨어진 지구인 소년 한 놈이었고, 영웅이라 불리게 된 건 그 지구인 소년에게 빌붙은 놈들뿐이었다.

"세상을 바꾸는 데 개인의 노력이나 신념 따윈 의미 없고, 그냥 차원 좀 오가면 그만이라는 거지."

광제를 쓰러뜨린 것은 테라노어인들이 겪어온 고통과 분노, 슬픔, 그들이 흘린 눈물이 아니었다. 그런 이유로 일어선 이들은 모두 죽었다.

"그저 운명이었지. 운명의 철퇴가 광제를 내려쳤기에, 그는 죽었어."

다행히 십 년 전엔 그 철퇴의 주인과 한편이었다. 하지만 그 철퇴가 다음엔 자신을 내리치지 않으리라는 보장이 어디 있겠는가?

언제 어디서 전혀 예상치 못한 존재가 나타날지 모른다. 운명의 장난으로 평생 쌓아온 모든 것이 간단히 무의미하게 될 수도 있다.

"불합리한 운명이 닥칠 수 있다는 걸 아는데, 그에 대비하지 않는다면 실로 어리석은 짓이겠지."

그래서 힘을 추구했다. 상상할 수 있는 모든 운명은 물론,

상상할 수 없는 운명마저 극복해 낼 수 있는 절대적인 힘을.

"이제 난 그 힘을 손에 넣었다."

릴스타인은 주먹을 움켜쥐며 자신만만하게 선언했다.

"더 이상 운명은 내게 간섭하지 못한다."

Chapter 4

악몽

"하하……."

성시한은 힘없이 웃었다. 아무리 머리를 굴려도 상황을 역전시킬 방도가 떠오르지 않았다.

투기는 바닥났다.

체력도 바닥났다.

마력은 그나마 배틀 메디테이션 덕분에 조금씩 차오르고 있지만…….

'기맥이 너무 헝클어져 제대로 마법을 쓰기가 힘들어.'

설령 제대로 마법을 발동했다 해도 의미가 없다. 릴스타인은 여전히 끝 모를 마력을 지니고 있었고, 마기언으로서의 기량 차도 현격하다. 마법만으로는 통하지 않는다.

심지어 카렌이 쓰러지면서 플레이그 블레스도 풀렸다. 릴스타인도, 알파와 베타도 본연의 힘을 되찾았다. 더 이상 저들을 억제할 그 무엇도 남지 않았다.

'답이 없네…….'

문득 릴스타인이 안타까운 듯한 표정을 지었다.

"나도 이런 상황을 원한 건 아니야."

정말 아쉽다는 듯 묻는다.

"왜 일부러 돌아온 거냐? 얌전히 지구에서 기다리고 있었다면 어련히 불러줬을 것을."

순간 성시한의 표정이 일그러졌다.

지금 저걸 말이라고 하는 건가? 그런 짓을 저질러 놓고 한다는 소리가 고작 저거야?

"하! 내가 노예가 되어주지 못해 아쉽다, 이 말이야?"

적반하장도 유분수지! 시한의 어깨 너머로 영기가 피어올랐다.

겨우 긁어모은 마력을 마지막으로 끌어 올리며 두 눈에 불을 켠다. 그의 시선이 알파와 베타에게로 향했다.

"저런 꼴이 될 바엔 차라리 죽는 게 낫지!"

그는 이를 악물며 마법을 발동했다. 이미 집중력도 정신력도 바닥난 터라 어려운 술식을 펼칠 수도 없었다. 가장 단순한 섬광계 마법이 작렬했다.

"아케인 스트라이크!"

물론, 9층 주문을 그토록 난사해도 전부 버텨낸 릴스타인에게 이제 와서 8층 주문 정도로 통할 리가 없지만.

"훗!"

조소와 함께 릴스타인이 손가락을 튕겼다. 날아오던 빛의 창이 도중에 휘어 허공으로 향하더니 이내 사라져 버렸다.

"이만 쓰러져라, 시한."

충격파가 쏟아져 성시한을 덮쳤다. 시한이 허겁지겁 몸을 날렸다. 그러나 이미 지칠 대로 지친 상태라 스피드가 제대로 나오지 않았다. 채 피하지 못한 충격파가 그의 양다리를 덮쳤다.

다리뼈가 으깨지며 비명이 메아리쳤다.

"으아아악!"

시한은 바닥을 데굴데굴 굴렀다. 어찌나 강력한 공격이었는지 방어 투기가 한 방에 날아가며 두 다리가 피투성이가 되었다. 차라리 매달린 고깃덩이에 가까울 지경이었다.

더 이상 일어설 수조차 없다. 무릎 꿇은 시한이 디재스터를 지팡이 삼아 힘겹게 상체를 지탱했다. 그리고 다시 쓰러졌다.

"크윽!"

릴스타인이 염동 마법으로 디재스터를 낚아챈 탓이었다.

"아, 혹시 모르니까 이건 챙겨둬야지. 디재스터도 은근 상대하기 피곤한 무기라서."

이미 완벽한 승리를 거둔 뒤인데도, 여전히 혹시 모를 반격에 더 신경을 쓰는 릴스타인이었다. 날아온 디재스터를 움켜쥔 뒤 릴스타인이 옆으로 건넸다.

"이제 네 것이다, 알파."

알파가 검을 받아 들고 정중히 고개를 숙였다.

"감사합니다, 폐하."

엎드려 있던 성시한이 몸을 뒤집었다. 주저앉아 허무한 표정으로 눈앞의 배신자를 노려본다.

이제 인정할 수밖에 없었다.

완패다.

"…죽여."

릴스타인이 눈웃음을 쳤다.

"무슨 그런 섭섭한 말을 하고 그래?"

그럴 줄 알았다는 듯 미소 지으며 조용히 목소리를 이어간다.

"내가 소중한 친구를 죽일 리가 없잖아?"

성시한의 표정이 구겨졌다.

"…이제 와서 무슨 개소리를 하는 거야?"

하지만 릴스타인은 진심이었다.

예나 지금이나 그는 시한을 죽이려 한 적이 한 번도 없었다. 릴스타인이 진정 바라는 것은 성시한의 죽음이 아니었다.

"네가 아까 그랬지, 시한? 모든 것을 끝낼 시간이라고."

천만에.

릴스타인은 강하게 부인했다.

"이제야말로 모든 걸 바로잡을 시간이다."

*   *   *

카렌이 쓰러졌다. 그토록 강력한 능력을 지녔던 불사의 마녀가 처참한 몰골로 바닥을 뒹굴고 있었다.

알리타는 그저 그 모든 광경을 멍하니 지켜보았다.

현 상황에서 그녀가 할 수 있는 것은 아무것도 없었다.

테라노어의 최강자들이 모두 모인, 그야말로 신들의 전쟁이라 해도 과언이 아닐 엄청난 전투였다. 무신급 소드하이어와 플로어 마스터, 테라노어 최강의 성직자 사이에서 고작해야 기사급 소드하이어가 뭘 할 수 있단 말인가?

도움은커녕 방해나 안 되면 다행이다.

아니, 솔직히 말하면 방해조차도 못 되었을 것이다. 기사급의 수준으로는 충돌하는 투기나 마법의 여파도 채 버티지 못한다.

그렇다고 마법으로 도울 수도 없다.

분명 알리타의 마법은 위력만 보면 투기술보다도 우위다. 마력 결계 팔찌로 아케인 블래스터는 여러 번의 사용이 가능해졌으며, 전력을 다하면 아케인 스트라이크도 가능하다.

유독 마력 출력이 높은 그녀라면 8층 주문인 아케인 스트라이크로도 어지간한 요새의 성문을 박살 낼 정도의 위력을 낼 수 있다.

그래서?

그것이 무슨 의미가 있다고?

그동안 릴스타인과 성시한이 견제 삼아 날린 마법들은 이미 상아탑 9층의 궁극 주문이다. 여기서 8층 주문 한 방 날리고 픽 쓰러져 봤자 괜히 성시한만 심란하게 만들 뿐이겠지.

신과도 같은 힘을 지닌 자들이 격돌하는, 테라노어의 운명이 걸린 이 거대한 무대.

그녀는 이곳에서 아무것도 아니었다. 조연은 고사하고 엑스트라조차 되지 못했다. 끽해야 무대 소품, 풍경의 일부나 다름없었다.

그녀는 철저하게 무력한 존재였다.

'제발……'

그저 기원했다. 부디 기적이 일어나기를.

기적은 없었다.

"크어어억!"

비명과 함께 성시한이 나가떨어진다. 비참하게 바닥을 뒹굴며 대지를 피로 적신다.

"시한!"

놀란 알리타가 그에게 뛰어갔다. 아니, 솔직히 말하면 놀라진 않았다. 어느 정도는 예상했던 결과였다.

그만큼 릴스타인의 힘은 압도적이었다. 그저 기적만을 바랄 정도로.

알리타가 쓰러진 성시한을 부축해 앉혔다. 떨리는 목소리로 시한이 중얼거렸다.

"도, 도망쳐, 알리타……."

잔뜩 가라앉은, 힘겹기 그지없는 목소리였다. 그녀가 허탈한 미소를 보였다.

"어디로요?"

시한의 입가에도 비슷한 미소가 떠올랐다.

하긴 그렇다. 사파란의 결계로 공간 자체가 차단되었는데 여기서 어디로 도망가라고?

멍청한 소리였다.

"하, 하하……."

릴스타인이 절망에 짓눌린 두 남녀를 바라보며 중얼거렸다.

"그러고 보니 저 아이도 일단 생포해야겠군."

분명 시한이 저 백금발의 소녀에게 지구인 감별 능력이 있는 듯한 뉘앙스를 풍겼었다. 어떻게 소환자도 아니면서 그런 짓이 가능한지 궁금하다.

차가운 시선이 알리타의 전신을 위아래로 훑어갔다. 그녀는 시한을 껴안은 채 애써 머리를 굴렸다.

'어쩌지?'

마치 물에 빠진 것처럼 온몸이 땀으로 흠뻑 젖는다. 현기증이 일고 머리가 아프다.

'여기서 뭘 어째야 하지?'

"그럼 붙잡아볼까."

릴스타인이 느긋하게 빛의 고리를 형성하기 시작했다. 성시한과 알리타, 카렌을 묶기 위한 제압 마법이었다.

지금 그의 능력이라면 제압 마법도 순식간에 발동이 가능하지만, 릴스타인은 일부러 천천히 마법 술식을 전개하고 있었다.

'둘 다 너무 부상이 심해. 제압 마법만으로도 잘못될 가능성이 있다. 만일을 대비해 안전장치를 삼중으로 걸어놔야겠군.'

알리타는 그 광경을 지켜보며 깨달았다.

그녀가 무슨 짓을 해도, 설령 목숨을 내던진다 해도 저 끔찍한 괴물의 털끝 하나 건드리지 못한다는 사실을.

그렇게 모든 것을 포기하려던 찰나였다.

'…뭔 짓을 해도?'

생각해 보니 안 해본 짓이 하나 있긴 했다.

이제까진 워낙 높은 마력 때문에 알고도 시도하지 못했지만 마력 억제 팔찌 덕에 이론상으론 가능해진, 그러나 워낙 혐오하던 행위라 비장의 한 수라고는 차마 생각치도 못했던 것.

알리타의 전신에서 마력이 흘러나오기 시작했다.

"…알리타?"

시한이 놀라 그녀를 돌아보았다. 익숙한 마력 파장이었다.

"너, 설마?"

"어차피 밑져야 본전이잖아요."

그녀는 조용히 대꾸하며 계속해 마력을 끌어냈다.

팔찌가 작동해 알리타의 마력을 억누르며 극히 일부의 기운만이 준비된 술식을 통해 흐른다.

쨍그랑!

팔찌의 구슬 하나가 깨졌다. 동시에 지독한 혐오감이 그녀를 덮쳤다.

실제로는 다른 마법을 구사할 때와 별다를 바 없는데도, 정신적 거부감 탓인지 수십 마리의 뱀이 온몸을 휘감는 듯한 끔찍한 감각이 느껴진다.

'그래도 맥없이 포기하는 것보단 나아!'

알리타는 이를 악물며 오른손을 뻗어 하늘을 찔렀다.

"열려라, 이계의 문이여! 오라, 이계의 존재여!"

붉은 입술 사이로 낭랑한 외침이 터져 나왔다.

"지옥의 뚜껑을 열고 유황의 숨결을 세상에 흩날려라!"

*　　　　*　　　　*

그토록 루스클란의 이계소환술을 혐오했던 알리타였다. 듀

란에게서 총론을 얻었을 때도 순간 불살라 버릴까 고민할 정도로.

하지만 총론 자체는 열심히 연구해야만 했다. 자신의 이해할 수 없는 마력량을 해명해 줄 유일한 방법이었으니까.

아무리 싫다 해도 그토록 파고들었으니 자연스럽게 익히게 되었다. 혈통 능력이 없으면 아예 발동이 안 될 뿐이지, 이계소환술 자체는 그리 어려운 마법이 아닌 것이다. 그렇지 않다면 천 년 동안 루스클란 황족이 그리 쉽게 마물을 불러대고하지도 못했겠지.

그럼에도 알리타는 그동안 이계소환술을 쓰지 못했다.

워낙 높은 마력량이 문제였다.

루스클란의 이계소환술은 딱히 방대한 마법이나 복잡한 술식 계산이 필요 없다. 적당히 마력을 제어할 수 있으면, 그리고 루스클란의 피가 진하기만 하면 그냥 발동된다.

하지만 그녀는 저 단순한 마력 제어가 불가능하다. 마력 제어 팔찌를 얻고 나서야 비로소 조건이 맞아떨어진 것이다.

파아아앗!

알리타로부터 보이지 않는 마력의 기운이 솟구친다. 솟아오른 마력이 순백의 하늘에 닿아 사방으로 퍼져 나간다.

루스클란의 혈통에서 비롯된 초월적인 권능이 세상을 뒤덮어간다!

그리고 아무 일도 일어나지 않았다……

제압 주문을 외우다 말고 릴스타인이 멀뚱히 그녀를 바라보았다. 알파와 베타 역시 고개를 갸웃거렸다.

"……?"

당황한 알리타가 눈을 깜빡였다.

"어, 어째서!"

혹시 술식을 잘못 발동시킨 걸까? 하지만 그런 느낌은 아니었는데?

성시한이 표정을 구겼다.

"…이 바보야."

평소라면 충분히 성공했을 것이다. 하지만 이곳은 사파란이 준비한 순백의 결계 내, 외부와 공간적으로 완전히 차단된 곳이다.

"봉인 공간에서 소환계 마법이 통할 리가 없잖아……."

릴스타인처럼 근처의 대지나 공기를 질료 삼아 소환하는 경우라면 모를까, 공간이 차단되었는데 외부의 힘을 끌어올 수 있을 리 없는 것이다. 그래서 성시한도 서먼 코메트를 실패하지 않았나? 뭐, 실제론 실패한 척하면서 연계 마법으로 사용한 것이었지만.

"아……."

알리타의 안색이 창백해졌다. 시한이 속으로 한탄을 터뜨렸다.

'젠장, 미리 말렸어야 했는데.'

설령 이계소환술을 성공했다 해도, 어차피 통하지 않기는 마찬가지다.

지구인을 수백 명 단위로 불러대고 초인급과 무신급 소드 하이어조차 양산해 낸 릴스타인이었다. 차원을 다루는 수법은 이미 루스클란의 영역을 넘어섰다고 해도 과언이 아니었다. 단순히 선조가 남겨준 힘을 다루기만 하는 광제 따위와는 비교도 안 되는 것이다.

이미 그는 초대 황제, 루스클란 대제에 비견되는 엄청난 권능의 소유자가 되었다.

그런 릴스타인이 루스클란의 이계소환술을 설마 몰라서 안 쓰고 있겠는가? 그냥 그보다 지구인을 소환해 부리는 게 훨씬 효율적일 뿐이지.

"하, 하하!"

릴스타인이 헛웃음을 터뜨렸다.

"저 지겨운 주문을 여기서 듣게 될 줄은 생각도 못 했는데."

지겨울 만도 했다. 혁명전쟁 시절 이계소환술사를 상대할 때마다 들어온 주문이니까.

"과연……."

석상처럼 굳은 알리타를 노려보며 릴스타인은 눈을 빛냈다.

"아가씨가 '그' 루스클란의 후예였군. 이거 참, 운이 좋은 날이군."

실로 기쁜 듯 릴스타인이 뇌까렸다.

"시한과 카렌에, 루스클란의 혈족까지 한꺼번에 손에 넣다니. 명절날 종합 선물 세트를 받은 느낌이야. 아, 이 표현 맞아?"

시한이 초조해하며 욕을 내뱉었다.

"알 게 뭐야? 나가 뒈져."

차분한 냉기가 릴스타인의 황금빛 눈동자 사이로 맴돌고 있었다. 기막힌 연구 자료를 얻은 마기언 특유의 광기, 조금 전 '지구인 감별 능력을 지닌 소녀'를 바라볼 때와는 전혀 다른 눈빛이다.

'안 돼, 알리타만이라도 피신시켜야……'

루스클란의 후예라는 사실이 들통났으니 무슨 험한 꼴을 당할지 알 수 없다. 하지만 전혀 몸이 움직이지 않는다.

릴스타인이 손가락을 빙빙 돌렸다. 세 개의 빛의 고리도 그 손짓에 따라 빙빙 돌았다.

"좋아, 안전장치 술식도 전부 끝났고."

제압 마법을 완성했다. 다 죽어가는 시한과 카렌을 안전하게 사로잡을 만반의 준비가 끝났다.

"자, 그럼 갈까, 시한?"

막 마법을 날리려던 때였다. 갑자기 머리 위에서 괴상한 소음이 들렸다.

쩡!

릴스타인의 표정이 묘해졌다.

"…응?"

소리가 다시 들렸다.

찌엉!

뭐랄까, 얼어붙은 호수가 봄이 되면서 얼음이 녹을 때 가끔 들리는 소리랑 비슷하달까?

그는 눈을 깜빡이며 머리 위 허공을 바라보았다.

'뭐지?'

그때였다.

콰아아아앙!

무지막지한 굉음이 터졌다. 동시에 펼쳐진 백색의 풍경이 조각조각 깨지기 시작했다.

공간 그 자체가 깨지며 단절된 두 세계가 무시무시한 속도로 합일되어 간다. 순식간에 사방이 원래의 풍경으로 돌아온다. 갈색의 대지와 녹색의 숲, 백색 상아탑, 적색의 전장이 도화지를 펼치듯 차례대로 모습을 드러낸다.

그리고 푸른 하늘.

그 한가운데 검은 구멍이 뚫려 있었다.

공허가 입을 벌리고 거대한 존재를 토해냈다. 웅장한 포효가 천지를 뒤흔들었다.

"크아아아아!"

*　　　　*　　　　*

제논은 양손의 대검을 동시에 휘둘렀다. 아지랑이 같은 투기검이 크림슨 나이츠 두 명을 동시에 덮쳤다.

달인급의 투기검과 초인급의 투기강이 서로 충돌해 뇌성을 울렸다.

파지직!

원래대로라면 당연히 투기검이 맥도 못 쓰고 잘려 버려야 할 것이다. 하지만 되레 튕겨 나간 건 적색 기사들 쪽이었다. 성시한이 알려준 '대(對)크림슨 나이츠 전용 약점 공략법' 덕분이었다.

단, 저렇게 나가떨어져 봐야 딱히 큰 부상을 입거나 하지는 않는다.

이내 적색 기사들이 균형을 회복하고 재차 공격해 왔다. 채찍처럼 좌우로 날아드는 투기강을 정신없이 피하며 제논은 가쁜 숨을 내쉬었다.

"헉, 헉헉……."

아무리 체력이 좋은 그라도 슬슬 한계였다.

'…얼마나 더 버틸 수 있을지 모르겠군.'

암담해하며 제논은 주위를 살폈다.

백호 기사단 역시 지칠 대로 지쳐 있었다. 이미 상당수의 기사들이 쓰러진 상태. 브렌탈 국왕은 아직 버티고 있었지만 손발이 느려진 지 오래였다.

반대편 전장 역시 상황은 악화 일로다.

사방에 병사들의 시체가 즐비했다. 족히 수천에 달하는 희생이 이어지고 있었다.

위쪽 성벽에서 싸우는 성시한 측 소드하이어 역시 마찬가지였다. 달인급은 대부분 쓰러졌고 초인급들 역시 전신이 피투성이, 다들 위태롭기 짝이 없었다.

개중엔 간혹 미련을 못 버리고 대(對)크림슨 나이츠 전용 시약을 사용해 보는 이들도 보였다. 하지만 성시한의 말대로 일명 '붓질'은 전혀 통하지 않았다.

릴스타인의 정신 지배는 무선 RC카 조종하듯이 실시간으로 지배력을 유지하는 방식이 아니다. 일단 지배력을 박아 넣으면 원거리든 근거리든 꾸준히 유지된다.

알리타의 피를 이용한 제압은 어디까지나 지배의 홀을 이용한 간접 조종을 훼방하는 식이지, 지배력 자체를 지우진 못하는 것이다. 그렇기에 제압은 가능해도 정신 지배를 풀지는 못했다.

현재 공간적으로 단절이 되긴 했지만 크림슨 나이츠에게 내려진 마지막 명령은 여전히 릴스타인 본인의 것이었다. 저 '붓질'은 릴스타인 본인의 명령은 지우지 못하니 당연히 아무 소용이 없을 수밖에.

'그나마 전력을 유지하고 있는 것은 창천기사단 정도인

가…….'

워낙 진흙탕 싸움에 익숙한 창천기사단은 그럭저럭 전력을 유지하는 중이었다.

하지만 이대로 시간을 더 끌면 결국 결과는 같을 것이다. 어서 성시한이 릴스타인을 제압해 줘야 더 이상의 피해를 막을 수 있다.

기도하는 심정으로 제논은 저 멀리 떨어진, 거대한 반구 형태의 순백 결계를 바라보았다.

'아직인가?'

전투가 끝나길 바라는 것은 동맹군뿐만이 아니었다.

제정신 아닌 크림슨 나이츠야 지치든 말든 명령대로 날뛸 뿐이겠지만, 릴스타인 왕국군 역시 지칠 대로 지쳤다. 다들 자기도 모르게 저쪽을 힐끔거리고 있었다.

'폐하께선?'

'아직도 결판이 나지 않았나?'

저 순백의 결계가 사라질 때 이 전쟁도 끝날 것이다. 마지막에 서 있는 이가 누구냐에 따라 이들의 운명도 결정되리라.

그러던 중이었다.

변화가 생겼다.

순백의 결계가 깨지며 빛의 기둥이 솟구친다. 굉음과 함께 하늘이 갈라지고 구름이 사방으로 흩어지기 시작한다.

동맹군과 릴스타인 왕국군, 양쪽 모두 기대와 불안이 교차

하는 눈빛으로 상황을 살폈다.

과연 누가 승리자인가?

이계구원자 성시한인가? 아니면 적색의 릴스타인인가?

둘 다 아니었다.

이어진 광경은, 적어도 혁명전쟁을 경험했던 이들에겐 너무도 익숙한 '현상'이었다.

하이어 바로스가 입을 쩍 벌렸다.

"엥?"

프레이어 호트렌이 어이없다는 표정을 지었다.

"저, 저건……."

적룡기사단장, 하이어 엔다윈이 경악해 눈을 크게 떴다.

"루스클란의 비술? 저게 왜 나타난 거냐?"

병사들이 공포에 질려 고함을 터뜨렸다.

"으아아악!"

"이계의 마물이다!"

*　　　*　　　*

공허가 존재를 토한다.

수십 미터에 달하는 거대한 부정형의 '무엇인가'가 지상으로 내려앉는다. 수십 개의 눈동자를 데굴거리며, 수십 개의 아가리를 통해 포효의 메아리를 터뜨린다. 수백 개의 촉수가 대기의 진동에 따라 흔들린다.

"크아아아아아!"

그 추악한 형태는 보는 것만으로도 본능적인 공포와 혐오
감을 느끼게 한다. 뭐라 설명할 수 없을 정도로 정립되지 않
은, 굳이 설명하자면 수많은 눈과 입과 촉수가 달린 수십 미
터 크기의 아메바를 연상케 하는 외양이다.

지구나 테라노어처럼 완전한 세계가 아닌, 불완전한 차원에
서 불완전하게 존속할 뿐인 저 혼돈의 마물을 바라보며 기사
들이 비명을 터뜨렸다.

"으아아아!"

"마물이다! 루스클란의 마물이야!"

"일월성신이시여……."

이들을 겁쟁이라 욕할 수는 없을 것이다. 겉으로는 릴스타
인의 호위 역이지만 실은 무신급 소드하이어의 존재를 숨기기
위한 가림막, 실력은 고작해야 기사급이니 두려워할 수밖에
없다.

그게 아니더라도 갑자기 산을 연상케 하는 거대한 괴물이
하늘에서 뚝 떨어졌는데 그 누가 비명을 지르지 않을 수 있을
까?

릴스타인은 비명을 지르지 않았다. 그저 고개를 갸웃거리
며 호기심으로 눈을 빛낼 뿐이었다.

"이상하군. 이계소환술로 공간 결계를 부수는 것이 가능

한가?"

겁을 먹긴커녕 긴장한 기색조차 없다. 눈앞에 저렇게 거대한 괴물이 나타났는데도 자신의 의문을 해소하는 걸 우선으로 삼는다.

"…이론과 어긋나는데? 혹시 내가 모르는 다른 비술이 있는 건가?"

마물이 촉수를 움직였다. 수십 개의 촉수가 날카로운 창이 되어 릴스타인에게 쏘아졌다. 회색 기사들이 기겁해 소리쳤다.

"폐, 폐하!"

"위험합니다!"

"피하셔야……!"

릴스타인은 코웃음을 쳤다. 피해야 한다고?

"마법이 통하지 않을 때나 이계 마물이 무서웠지, 뭘 이제 와서……."

눈앞의 마물을 노려보며 나직한 영창을 읊조린다.

"매스 프리즈, 윈드 커터, 플레임 퍼니시먼트."

평범한 중얼거림이 세상을 뒤흔든다. 방대한 마력이 세상을 찢어발기며 현실을 왜곡시킨다.

3층 냉기 주문으로 움직임을 억제한 뒤 5층 바람 칼날 주문으로 촉수를 동강동강, 그리고 바로 궁극의 9층 마법으로 내리찍는다!

이 모든 것이 한순간에 일어났다.

콰아아앙!

폭발이 이어지며 마물의 몸통이 절반 가까이 날아갔다. 열심히 휘두르던 촉수들 역시 아침 햇살을 만난 이슬처럼 순식간에 증발해 버렸다.

산처럼 거대하던 존재가 연계 마법 한 방에 동산 사이즈로까지 줄어들었다. 마물의 남은 신체 부위가 바들바들 떨며 연신 체액을 토했다.

위풍당당한 등장이 무색할 정도로 간단히 박살 난 것이다.

"아⋯⋯."

알리타는 넋이 나갔다. 뭔가 해보기도 전에 너무 쉽게 당했다.

희망이 생기기도 전에 꺾여 버리니 절망을 느낄 여유조차 없다. 그냥 하염없이 멍할 뿐이다.

"이렇게 허무하게⋯⋯."

중얼거리는 알리타를 돌아보며 릴스타인이 피식거렸다.

"고작해야 100미터급 마물을 불러놓고 대체 뭘 기대한 거냐?"

루스클란의 마물은 단순히 100미터급의 차원문을 열 경우 100미터 덩치의 마물이 튀어나오는 식이 아니다. 마물이 지닌 권능이나 힘 역시 차원문의 크기에 따라 제한을 받는다.

차원문의 크기가 곧 마물의 위력을 결정한다. 설령 마물의 크기가 인간 수준이라도 지닌 권능이 높으면 수백 미터 크기의 차원문이 필요하다.

500미터급이었던 광제가 부른 악몽의 괴물들은 족히 천 년 묵은 고룡을 능가하는 것이었다. 그에 비해 알리타가 소환한 마물은 기껏해야 200년 묵은 용 수준?

현재 릴스타인의 마법이라면 간단하게 처리할 수 있다.

"그런데⋯ 100미터급이라? 이 문신의 주인보다는 훨씬 뛰어나군."

문득 릴스타인이 알리타를 노려보며 히죽 웃었다.

차원력과 지배력을 발휘하기 위해 촉매로 쓴 루스클란의 심장 가루, 그것은 현재 문신이 되어 그의 체내에 깃들어 있다.

그 심장의 주인은 고작 30미터급 수준이었다. 그래서 릴스타인의 지배력도 초인급 소드하이어 100여 명을 다루는 것에 그쳤다.

그런데 100미터급 혈통 마법을 보유한 루스클란의 후예가 아직 남아 있었을 줄이야?

'영향력을 크게 늘릴 수 있겠군.'

물론 30미터급 대신 100미터급 루스클란의 심장을 쓴다고 지배력이 딱 맞춰 3.3배 늘어나진 않는다. 무슨 어린애 셈하는 것도 아니고, 마법이란 그렇게 단순하지 않다.

'그래도 초인급 50여 명 정도는 추가할 수 있겠어.'

비록 무신급 소드하이어는 원래 계획과 달리 지배력이 아니라 세뇌에 의한 충성심으로 부리는 방식을 취하는 바람에 오히려 쉽게 늘릴 수 없게 되었지만, 초인급의 숫자를 늘리는 것도 여러모로 쓸모가 많다.

"하하하……."

기뻐하며 릴스타인은 걸음을 옮겼다.

"이거 참, 운이 계속 따르는군. 내 평생 오늘처럼 운 좋은 날이 없었을 정도야."

성시한을 품에 안은 채 알리타는 그 모습을 멍청히 바라보고만 있었다.

당장에라도 도망가야 하겠지만 몸이 움직이질 않았다. 마치 뱀을 만난 쥐처럼, 릴스타인이 풍기는 위압감이 그녀의 정신을 마비시키고 있었다.

'어, 어떡해? 어째야 하지?'

혼란 속에서 그녀의 안색이 새하얗게 질릴 때였다.

쨍그랑!

맑은 파열음이 귀를 간질였다. 팔찌의 구슬 하나가 깨지며 낸 소음이었다.

쨍그랑, 쨍그랑!

파열음이 이어졌다. 팔찌의 구슬 두 개가 뒤따라 깨졌다. 알리타가 허리를 뒤로 젖히며 신음을 터뜨렸다.

"아윽!"

릴스타인의 등 뒤에서 대기를 찢는 파공음이 울렸다. 흠칫 놀라 그가 발걸음을 멈췄다.

쌔애액!

일곱 개의 촉수가 날카로운 뼈를 드러내며 날아든 것이다. 릴스타인이 채 반응하기도 전에 알파가 움직였다.

"폐하!"

알파의 십이지검이 촉수를 모조리 베어 넘기고 주군을 구했다. 그제야 뒤를 돌아보며 릴스타인은 식은땀을 흘렸다.

'…뭐였지?'

분명 이계 마물의 촉수였다. 그러니까, 조금 전 박살을 내버린 이계 마물이 자신을 공격해 왔다?

순간 귀청을 찢는 소음이 들려왔다.

고오오오오!

마물이 무시무시한 속도로 재생하고 있었다.

찰흙을 덧붙이는 것처럼 온몸이 불어나며 재생을 이어간다. 촉수가 연신 돋아나고 신체 표면 여기저기서 눈을 뜨고 입을 벌린다.

릴스타인은 경악했다.

"…저게 어떻게 재생을?"

확실하게 처리했다. 단순히 육체의 절반을 박살 낸 정도가 아니었다. 마물에게 깃든 권능과 마력까지 죄다 깔끔하게 날렸다. 재생력이 발동할 만한 힘 자체가 남아 있을 리 없었다.

이해 못 할 상황에 당황하면서도 그는 침착하게 대응했다.

바로 마법을 발동해 추가타를 날린다.

"플레임 퍼니시먼트!"

불꽃의 기둥이 허공을 가르며 내리꽂혔다. 아까와 같은 9층 파괴 마법이었다. 하지만 이어진 상황은 같지 않았다.

"크아아아!"

마물의 아가리 수십 개가 동시에 고함을 지른다. 동시에 반투명한 역장이 형성되어 불꽃의 기둥을 가로막는다.

콰아아앙!

열폭풍이 일어나며 플레임 퍼니시먼트가 사방으로 흩어졌다. 폭연 사이로 수많은 촉수가 날아들며 릴스타인을 노렸다. 본격적으로 이계의 마물이 공세를 퍼붓기 시작한 것이다.

"포스 필드!"

전신에 방어 마력장을 두르며 릴스타인은 허공으로 날아올랐다. 촉수의 무리가 궤적을 꺾으며 그 뒤를 따랐다. 릴스타인의 마법이 연속으로 이어졌다.

"블레이즈 템페스트(Blaze tempest)! 프로미넌스(Prominence)! 플레임 캐논(Flame Cannon)!"

화염의 폭풍이 불고 초고온의 화염구와 열선이 폭풍 사이를 작렬했다. 날아들던 촉수들이 불길에 휩싸였다.

하지만 불타 사라지진 않았다. 놀랍게도 마물의 촉수는 저

고열을 견디며 계속 날아들고 있었다.

인상을 쓰며 릴스타인이 후속 마법을 준비했다.

"소환, 라스프란!"

바람의 새매 무리를 수십 마리 이상 불러내 자폭 공격을 행한다. 화염과 풍계 마법의 시너지 효과로 마법의 열기가 더욱 강해지며 촉수들이 탄화되어 재가 되기 시작했다.

수십 차례의 폭발이 사방의 하늘을 가득 메웠다.

콰콰콰콰쾅!

그렇게까지 하자 겨우 촉수들이 박살 나며 공세가 한풀 꺾였다. 허공에 몸을 띄운 채 릴스타인은 이해 못 하겠다는 표정을 지었다.

'더 이상 100미터급이 아니잖아?'

분명 조금 전까진 더도 덜도 아니고 딱 100미터급 수준의 마물이었다. 그런데 지금은 위력도 방어도도 완전히 달라졌다.

릴스타인의 이마 위로 식은땀이 주르륵 흘러내렸다.

'…이미 소환된 마물이, 소환이 끝난 뒤에 더 강해졌다고?'

*　　　*　　　*

릴스타인의 마법이 이계 마물에게 작렬한다. 아주 작정하고 날린 것인지 성시한을 상대할 때보다도 위력이 훨씬 강하다. 단 일격에 마물의 신체 절반이 박살 나며 사방으로 체액이 흩날린다.

고통과 공포로 이계의 마물이 비명을 토했다.

"고오오오!"

그리고 다시 재생한다. 마치 시간을 거꾸로 돌리는 것처럼 너무도 자연스럽게, 무시무시한 속도로 재생을 끝마친다.

동시에 알리타의 팔찌에 붙어 있던 구슬이 또 하나 깨졌다.

쨍그랑!

"아으윽!"

알리타는 재차 비명을 터뜨렸다. 갑작스럽게 엄청난 양의 마력이 몸에서 빠져나가며 극심한 고통이 그녀를 덮치고 있었다.

흐릿한 정신을 애써 부둥켜 쥐며 알리타는 머리를 굴렸다. 어째서 이런 일이 일어나는지 대충 짐작이 갔다.

'내 마력이……'

예전 성시한에게 마력 전이를 했을 때와 비슷한 느낌이었다. 소환된 이계의 마물이 그녀의 마력을 가져가 자신의 힘으로 바꾸고 있었다.

문제는 알리타가 허락한 적도 없는데 멋대로 마력이 빠져나간다는 것이다!

또 팔찌의 구슬이 깨졌다.

쨍그랑!

"으윽!"

아픈 와중에도 그녀는 이 상황이 무엇을 의미하는지 깨닫고 화들짝 놀랐다.

이제 남은 구슬은 하나뿐, 이것마저 소모하고 나면 더 이상 마물에게 전이할 마력도 남지 않는다.

'그 전에 도망쳐야 해!'

예상도 못 했고 왜 이렇게 된 건지도 모르겠지만 분명 천재일우의 기회였다. 허겁지겁 쓰러진 성시한을 부축하며 알리타가 몸을 일으켰다.

성시한을 업은 채 알리타는 몸을 날렸다. 그리고 혼절한 카렌에게 뛰어가 바로 그녀를 옆구리에 안았다.

'카렌 언니!'

날씬한 소녀의 몸임에도 알리타는 어렵지 않게 두 사람을 짊어질 수 있었다.

기사급 소드하이어의 신체 능력이라면 거대한 마차도 맨손으로 들 수 있을 정도다. 사람 두 명의 무게쯤은 충분히 감당할 수 있다. 자세가 안 나오니 거추장스럽기는 하겠지만.

그렇게 둘을 구해 막 이 장소를 벗어나려던 때였다.

"어딜 감히!"

날카로운 외침과 함께 붉은 열선이 대지를 길게 그었다. 릴스타인이 날린 이그니션 레이였다.

콰콰콰쾅!

폭발이 일어나며 알리타의 앞길을 막았다. 발이 묶인 그녀를 노려보며 릴스타인이 코웃음을 쳤다.

"도망갈 수 있을 것 같으냐?"

이계 마물을 상대하는 와중에도 그는 시한을 계속 신경 쓰고 있었던 것이다. 실로 편집증에 가까울 정도로 철두철미하다.

알리타가 이를 악물었다.

'지독한 인간 같으니……'

알리타 쪽을 견제하면서도 릴스타인은 이계 마물에 대한 공격을 늦추지 않았다. 결국 버티지 못하고 마물이 녹아내렸다.

그리고, 이번에도 재생하기 시작했다.

"크아아아!"

마물의 포효가 터지는 것과 동시에 알리타의 팔찌에 달린 마지막 구슬마저 깨졌다.

쨍그랑!

"크윽!"

전신에서 마력이 미친 듯이 빠져나간다. 그야말로 마지막 남은 마력까지 긁어모아 강제로 전이된다. 지독한 무기력이 전신을 뒤덮어간다.

'쓰러지면 끝장이야!'

정신력으로 버티며 알리타는 벌벌 떨었다. 이대로 쓰러지면 당장에라도 의식을 잃을 것 같았다.

그래도 덕분에 다시 마물이 되살아났다. 육체를 되돌린 것은 물론이고 권능과 마력 역시 되돌아왔다.

고오오오…….

대기를 떨쳐 울리며 마물이 공격을 재개했다.

수많은 눈이 섬광을 쏘아내고 수많은 입이 혼돈의 마력을 뿜어낸다. 무수한 촉수가 허공에 떠 있는 릴스타인의 전후좌우(前後左右)는 물론이고 상하(上下)까지 포함한 입체적인 공세를 가한다.

"몰아쳐라, 플레임 토네이도."

불꽃의 소용돌이로 몸을 보호하며 릴스타인이 혀를 찼다.

"정말 이해할 수가 없군. 대체 뭐가 어떻게 돌아가는 거지?"

혁명전쟁 당시 광제가 소환했던 수많은 이계의 마물들.

그중엔 강력한 재생력이나 권능, 마력을 지닌 마물들도 많았다. 하지만 그 능력의 한계는 분명했다. 광제가 지닌 500미터급이라는 차원력이 곧, 그 마물의 한계를 규정짓는 것이다.

이 마물의 재생력이나 마력은 과거 광제가 소환한 마물보다 월등히 강하다.

'그런데 그 정도로 강력한 능력을 지닌 마물이, 고작 100미터급 차원문을 비집고 들어올 수 있을 리가 없잖아?'

도무지 영문을 모르겠다.

'어쨌거나, 도로 재생해 버렸으니 도로 박살 내는 수밖에.'

혼란스러운 와중에도 릴스타인은 다시 마법 영창을 시작했다.

"프로즌 오브, 그래비티 필드, 라이트닝 디스파이어……."

백색의 마력구가 냉기를 흩뿌리며 수많은 촉수 다발을 얼리고 중력의 그물이 마물의 거체를 짓누른다. 수십 줄기의 검은 번개가 마물의 눈과 입을 가로막는다..

그렇게 마물의 움직임을 제어하며 궁극의 일격을 가한다!

"앱솔루트 인시너레이트!"

초고열의 섬광이 마물의 중심을 관통해 내부에서 폭발했다. 이제까지와는 양상이 다른 파괴력이었다.

콰아아아앙!

어찌나 장대한 폭발이었는지 폭연이 거대한 버섯구름의 형태로 피어오를 정도였다. 그나마 신체 일부가 남아 있던 아까와는 다르게, 저 거대한 마물이 통째로 수천 개의 파편이 되어 사방으로 흩어졌다. 아예 재생할 본체조차 안 남기고 산산조각을 내버린 것이다.

그 광경을 지켜보던 알리타의 어깨가 축 늘어졌다.

'아아…….'

이젠 더 이상 전이할 마력이 없다. 이계 마물의 재생력도 여기까지다.

'그 전에 도망쳤어야 했는데!'

천재일우의 기회인 줄 알았는데 허무하게 놓쳐 버렸다. 기껏 구원의 동아줄이 내려온 줄 알았는데, 막상 당겨보니 썩은 물건이라 도중에 뚝 끊어진 격이었다.

물론 릴스타인은 저런 사정을 모른다. 그러니 또 어찌 될지 몰라 계속 박살 난 마물의 사체를 노려보고 있었다.

잠시 후, 신경질적인 외침을 터뜨린다.

"이렇게까지 했는데도 되살아나냐?"

좌절했던 알리타가 눈을 동그랗게 떴다.

'...응?'

수천 조각으로 흩어진 마물의 파편들이 꿈틀대며 서로 뭉치고 있었다. 그것도 느린 속도도 아니라, 그야말로 쏜살같이 허공을 날아 무시무시한 속도로 응집하며 도로 덩치를 불린다. 그리고 순식간에 원래의 모습으로 회귀한다.

멍한 얼굴로 알리타가 입을 벌렸다.

'저게 왜 또 재생을 해? 이젠 뭐 준 것도 없는데?'

심지어 이번엔 단순히 재생으로 끝나지도 않았다.

원상 복귀된 거대한 이계의 마물, 그 주위엔 여전히 수많은 파편이 남아 있었다. 조금 전 박살 난 마물의 신체 조직들이었다.

그것들마저 재생하며 덩치를 불린다. 가까이 있는 것들은 서로 붙고, 너무 떨어진 것들은 스스로 거대해지며 새로운 마물로 재탄생한다.

더 이상 한 마리의 이계 마물이 아니었다.

수십, 아니, 수백에 달하는 군단이 되었다!

"크아아!"

"크오!"

"콰아아!"

수많은 마물이 수많은 포효를 터뜨린다. 기가 차 릴스타인은 알리타를 돌아보았다.

"도대체 저 아이가 무슨 수를 쓴 거지?"

과거의 광제조차도 차원 저편에서 무수한 마물을 불러내는 식이었지, 이렇게 한 마리의 마물을 군대로 바꾸진 못했다. 심지어 초대 황제의 기록에도 이런 건 없었다.

당황한 릴스타인을 뒤로 감마와 델타, 엡실론이 몸을 날렸다.

세 줄기 황금의 섬광이 마물 무리를 관통했다. 세 명의 무신이 동시에 같은 기술을 발동했다.

"무신기, 십이지검!"

도합 36자루나 되는 무시무시한 숫자의 광검이 마물의 군세를 파고들었다. 폭음과 함께 수십 마리의 마물이 일제히 박살 나 흩어졌다.

그리고 도로 합쳐진다. 도로 살이 불어나고, 질량이 커지고, 눈을 뜨고 입을 벌리며 촉수를 뻗어낸다.

고오오오오!

박살 난 수십의 마물이 수백으로 불어난다. 수백의 마물들이 사방으로 퍼져 나가기 시작한다.

꿈틀대는 고깃덩어리들이 대지를 기고 허공을 날며 혼돈의 마력을 연신 뿜어대니, 작열의 섬광과 파괴의 이능(異能)이 천지간을 가득 메운다.

콰콰콰쾅!

불어난 마물의 군세는 더 이상 릴스타인과 알파 시리즈만을 노리지 않았다. 주변에 있는 릴스타인 왕국군 역시 공격 대상으로 삼기 시작했다.

덮쳐오는 죽음 앞에 기사와 병사들은 패닉에 빠졌다.

"마, 막아!"

"무조건 피해!"

"도망치지 마라!"

"도망쳐!"

실로 다양한 견해가 처절한 비명이 되어 울렸다. 사방팔방에서 폭발과 절규가 메아리쳤다.

전장을 가득 메운 마물의 군세를 바라보며 릴스타인은 혼란에 빠졌다. 십 년 전, 최종전을 앞둔 광제가 전력을 다해 소환했던 마물의 군대도 이에 비하면 절반도 되지 않을 지경이었다.

'고작해야 이계 마물 한 마리 북북 찢어 불린 것만으로 이런 짓이 가능하다고? 앞뒤가 안 맞잖아?'

저런 엄청난 마물이 존재할 리도 없고, 설령 존재한다 해도 고작해야 100미터급 능력으로 저런 초월적인 존재를 부를 수 있을 리도 없으며, 혹여나 부를 수 있다 해도 그런 능력을 지닌 괴물이 좁디좁은 차원문을 통과할 수 있을 리 없다.

모순의 연속이었다.

'유일하게 논리적 해답이라면 저 마물이 일단 소환된 후 테라노어 내에서 추가로 힘을 받아 저런 능력을 발휘한다는 것뿐인데……'

하지만 그 말은 곧, 소환사인 저 백금발의 소녀가 이계 마물에게 힘을 부여해 이 모든 상황을 일으켰다는 의미가 된다.

'이거야말로 가장 말이 안 되는 소리지.'

고작해야 십 대 나이에 마력이 높아봤자 얼마나 높겠는가? 설령 저 소녀의 마력이 최고위 마기언에 필적한다고 가정해도, 기껏해야 마물의 재생을 몇 번 더 추가시키는 것이 한계다.

지금 눈앞의 상황은 이미 그 레벨을 아득히 넘어섰다.

저 소녀에게 그 정도의 능력이 있었다면 애초에 여기까지 몰렸을 리가 없다. 게다가 릴스타인은 아까부터 마력 흐름을 꾸준히 감지하고 있었다. 딱히 저 소녀가 마물에게 마력 전이를 하는 낌새는 못 느꼈다.

"대체 어디서 저런 힘이 나오는 거야?"

결국 그는 아무것도 알아낼 수 없었다.

그저 마물의 군세를 바라보며 혼란스러워할 뿐이었다.

마물의 군세가 하늘을 가리고 대지를 뒤덮어간다. 실로 인세의 재앙이라 칭하기에 부족함이 없는 광경이다.

이 모든 것이 알리타가 소환한 단 한 마리의 이계 마물로부터 비롯되었다. 그리고 그녀는 이 현상이 일어난 '진짜 이유'를 알아차렸다.

'내 힘이 아냐……'

마물의 재생은 알리타의 마력을 이용한 것이 맞았다. 하지만 이 엄청난 마물의 군대는 아니었다.

저 군대는 외부로부터 마력을 주입받아 기능하고 있었다. 핏속에 내재된 본능적인 감각 덕분에, 그녀는 저 마력의 출처를 알아차렸다.

'…릴스타인의 마력이 마물들에게로 옮겨지고 있어?!'

한계가 보이지 않는 방대한 릴스타인의 마력, 그것이 저 이계의 마물 군세가 움직이는 근원의 힘이었다.

마물의 공격과 방어, 이능 발현과 재생을 이어갈 때마다 실로 엄청난 양의 마력이 릴스타인을 통해 전이된다.

어째서 알리타의 마력이 바닥났음에도 마물이 도로 살아났는지 이해가 갔다.

그 시점에서 마물은 릴스타인의 마력을 흡수하는 쪽으로 노선을 바꿨을 테니까.

어째서 재생만을 반복하던 이계의 마물이 저런 무지막지한 군세로 변했는지도 이해가 갔다.

그녀의 마력은 분명 제어가 안 될 정도로 높지만, 그럼에도 릴스타인과 비교하면 하찮기 그지없는 것이다. 지금 보이는 저 마물의 능력 차이가 바로 알리타와 릴스타인의 마력 격차다.

그럼에도 여전히 아무것도 이해가 가지 않는다.

왜 알리타가 소환한 마물이 엉뚱하게 릴스타인의 마력을 뽑아 먹고 있는 건가?

도대체 무슨 수로 평범한 이계 마물이 테라노어 최강의 마기언, 인간을 초월한 마신이나 다름없는 릴스타인의 힘을 제멋대로 가져갈 수 있는 건가?

'그리고 무엇보다⋯⋯.'

도대체 왜 릴스타인 본인은 그 사실을 모르고 있는 건지가 제일 의문이다. 만약 그가 저 사실을 알고 있다면, 대체 어디서 저런 힘이 나오냐며 의아해할 이유가 없다.

'모르겠어, 아무것도⋯⋯.'

하나같이 앞뒤가 안 맞는다. 그저 무지에 대한 공포로 벌벌 떨 뿐.

'내가 대체 무슨 짓을 한 거지?'

어쨌든 이 혼란 덕분에 릴스타인의 의식이 다시 그녀로부터 멀어졌다. 도망칠 기회가 생겼다. 조심스레 눈치를 보며 알리타가 다시 움직였다.

살금살금 거리를 벌리다가, 어느 정도 멀어지자 점점 속도를 높인다.

"으으……."

알리타의 등 뒤에서 희미한 신음이 들렸다. 달리는 진동 탓에 업혀 있던 성시한이 잠시 정신을 차린 모양이었다.

그녀가 반색하며 물었다.

"정신이 들어요, 시한?"

흐릿한 시선으로 시한이 주위를 둘러보며 물었다.

"…뭐가 어떻게 된 거야?"

분명히 죽었거나 릴스타인에게 사로잡혔을 거라 생각했는데 막상 정신을 차려보니 알리타 등에 업혀 있고 사방 천지에 온갖 마물들이 들끓고 있었다.

문득 시한이 인상을 썼다. 눈앞의 풍경만 보면, 어쩐 인류가 고래로부터 상상하던 어느 장소와 닮았다.

"…우리 둘 다 죽어서 지옥에라도 온 거야, 혹시?"

알리타가 핀잔을 던졌다.

"나중에 설명해 줄게요. 지금은 그냥 좀 얌전히 있어요. 들고 뛰기 힘드니까!"

말하면서도 그녀는 내심 어처구니없어 했다.

'나중에 뭘 설명해 주겠다는 거야? 나 자신도 도무지 뭐가 어떻게 돌아가는 건지 전혀 짐작이 안 가는데.'

"으, 으응……."

성시한이 축 늘어졌다. 그새 다시 의식을 잃은 모양이었다.

알리타는 질풍기를 끌어내 속도를 높였다. 그리고 성시한과 카렌을 짊어진 채 백색 상아탑을 향해 뛰기 시작했다.

*　　　　*　　　　*

릴스타인은 인상을 썼다. 잠시 한눈을 판 사이 저 백금발 소녀가 도로 성시한과 카렌을 들고 도주한 것이다.

"귀찮게 만드는군."

알리타 딴에는 나름대로 몰래 도망친다고 한 짓이었지만, 역시 플로어 마스터의 눈을 속이진 못했다. 곧바로 마법을 발동했다.

"이그니션 레이!"

아까처럼 도주로를 가로막기 위해 열선을 날리려던 찰나였다. 하필 그 순간 마물 세 마리가 그를 노리고 달려들었다.

"쳇!"

릴스타인이 준비한 마법의 방향을 돌렸다. 열선에 의해 마물 3마리가 탄화되어 나가떨어졌다. 그리고 또 다른 마물들이 우글우글 몰려들었다.

"이런……."

이것들을 상대하자면 알리타의 도주를 막을 수 없다. 급한

김에 그가 사념파를 발했다.

[감마, 델타, 엡실론! 저 소녀를 쫓아라!]

그 와중에도 자기 호위만은 칼같이 남겨놓은 릴스타인이었다. 알파와 베타를 제외한 무신급 소드하이어 3인이 일제히 몸을 날렸다.

황금빛 투기를 발하며 곧바로 알리타의 뒤를 쫓는다. 문제는 저들과 알리타 사이에 수많은 마물이 득실거리고 있다는 것.

어느새 마물들이 앞을 가로막으며 포효를 터뜨렸다.

"크아아아!"

엡실론이 황금빛 투기강을 발하며 검을 뻗었다.

"패왕기, 격멸!"

마물의 살이 갈라지고 체액이 솟구쳤다. 하지만 그 피해는 경미했다. 하나같이 수십 미터가 넘는 거대한 마물들이었다. 그런 거체를 상대로 대인 전용 투기술인 패왕기를 써봐야 큰 피해를 입히긴 힘든 것이다.

상황을 파악한 감마와 델타가 투기술을 바꿨다.

"도룡기, 광룡!"

"파천기, 유성우!"

루스클란의 마물들을 상대로 절대적 위용을 떨쳤던 이계구원자의 고유 투기술이 화려한 빛을 뿜었다. 그러나 결과는 패왕기와 큰 차이가 없었다. 세 명 다 마물들에게 발이 묶여 버렸다.

릴스타인의 안색이 굳어졌다.

알파 시리즈도 분명 파천기나 도룡기를 구사할 수 있다. 하지만 성시한처럼 거대 괴수를 상대하는 요령까지 지니진 않은 것이다. 이들에게 입력된 경험과 기술은 어디까지나 대인전에 맞춰져 있다.

통한의 실수였다.

"젠장! 지금 같은 시대에 거대 마물과 싸울 일이 생길 줄 알았나!"

그 틈에 알리타는 혼잡한 전장 속으로 사라져 버렸다. 릴스타인이 허겁지겁 탐색 마법을 펼쳐봤지만 허사였다. 사방에 이계 마물들이 널려 있는 탓에 탐색 마법이 죄다 흐트러져 버린 것이다.

"이런……."

허탈한 표정으로 릴스타인이 혀를 찼다.

"놓쳤다……."

*   *   *

"사람 살려!"

"으아악!"

절규를 토하며 병사들은 전장을 달렸다. 어서 도망쳐야 했다. 저 끔찍한 괴물들을 피해 달아나 소중한 목숨을 지켜야 했다.

하지만 어디로? 대체 어디로 달아나?

눈에 보이는 세상 전부가 마물들로 뒤덮여 있는데!

도망가는 병사들의 뒤를 이계의 마물이 쫓으며 촉수를 휘둘러 댔다. 수십 줄기의 촉수가 수십 명의 병사들을 꿰뚫었다.

"커어억!"

"빌어먹을!"

욕설과, 비명과, 핏물과, 조각난 내장의 파편이 한꺼번에 토해진다. 뱃속의 모든 걸 쏟아내며 수십 명의 병사가 산산조각 찢겨 나간다.

전장 전체가 혼란에 빠져갔다. 무수한 죽음이 꽃을 피우고 피의 호수 위로 붉은 안개가 피어오르고 있었다. 허공으로 몸을 띄우며 릴스타인은 안색을 굳혔다.

'이러다간 병력을 다 잃겠군.'

원인 규명이나 하고 있을 때가 아니었다. 그의 양손이 복잡한 수인을 맺었다.

이내 마법을 완성시킨 릴스타인이 오른손으로 하늘을 찔렀다.

"절멸의 하늘!"

거대한 파괴의 먹구름이 전장의 상공을 뒤덮기 시작했다.

준비 기간만 며칠씩 걸린, 수많은 고위 마기언이 총동원되고 백색 상아탑의 기능까지 빌려가며 겨우 발동했던 궁극의 초광역 파괴 마법, 절멸의 하늘.

그것이 단 한 명의 손에 의해 고작 몇 초 만에 재현되었다. 어둠의 폭우가 마물들만을 노리고 내리쳤다. 수백 단위의 마물들이 박살 나며 비명을 터뜨렸다.

크아아아아!

덕분에 병사들은 닥친 죽음을 앞두고 잠시의 유예를 얻었다. 하지만 그 시간은 길지 않을 것이다. 박살 난 마물들이 또다시 재생을 시작했으니까.

다급히 릴스타인이 사념파를 발했다.

[알파! 베타!]

상황이 상황이다 보니 더 이상 알파와 베타 같은 절대 강자를 호위로 놀려둘 수 없었다.

릴스타인 곁을 지키던 두 무신이 움직였다.

"나의 왕이여!"

"명을 따르겠나이다!"

황금빛 광채를 발하며 마물들 사이로 용맹하게 돌진해 화려한 투기술을 전개한다. 파천기를 펼쳐 전장을 누비며 베타가 무신기를 발했다.

"무신기, 십이지검!"

파괴의 광검이 사방으로 비산해 마물들의 공세를 잠시 꺾었다. 그 틈에 알파가 거대한 황금의 태양을 허공에 띄웠다.

"무신기, 무극천광!"

무극천광이 작열하며 장대한 폭발이 일어났다. 무수한 마물들이 그 여파에 휩쓸려 싹 쓸렸다. 전장을 뒤덮고 있던 마물의 군세에 구멍이 뻥 뚫렸다.

그리고 그 구멍은 순식간에 도로 메워졌다. 마물의 숫자가 많아도 너무 많았다.

릴스타인이 인상을 썼다.

'역시 효율이 별로 좋지 않아.'

알파의 무극천광은 분명 위력 자체는 성시한의 것에 필적했다. 하지만 결과는 천지 차이다.

마물과의 전투 경험이 많은 성시한이었다면, 일단 십이지겸으로 마물들의 움직임을 유도해 한자리에 모은 뒤 무극천광을 날려 최대한의 파괴를 노렸을 것이다.

하지만 알파는 그냥 대충 마물들 많아 보이는 자리에 무극천광을 떨어뜨렸을 뿐.

거대 괴수를 상대하는 요령이 전혀 없는 것이다. 그런 정보는 애초에 입력해 두지도 않았으니까.

그저 눈앞의 마물을 열심히 족치는 것이 고작이다. 과거의 이계구원자처럼 전황을 좌지우지하는 큰 그림을 그리지 못한다.

다섯 명의 무신급 소드하이어가 전장을 누비고 다님에도

불구하고 전황은 그리 나아지지 않았다.

여전히 무수한 병사들이 죽어간다. 시체가 산을 이루고 피가 강이 되어 흐른다.

"아아악!"

"이 빌어먹을 괴물들!"

릴스타인 왕국군의 피해가 기하급수적으로 커져갔다. 하지만 성시한 측이라고 마냥 좋아할 상황도 아니었다.

사방으로 퍼진 마물 중 일부가 백색 상아탑마저 공격하기 시작했다. 이 마물들에게 적아의 구별 따윈 없는 것이다. 그저 존재하는 모든 인간을 적대할 뿐이다.

공포에 질린 릴스타인의 기사들이 미친 사람처럼 고함을 내질렀다.

"이계구원자다! 그가 이계의 마물을 불러냈어!"

"젠장! 구원자란 놈이 이런 끔찍한 짓을 저지르다니!"

기사들 입장에선 그렇게 생각할 수밖에 없었다. 이계의 존재가 이계의 괴물을 불러냈다는 논리는 참으로 그럴듯하다.

공격받은 백색 상아탑의 병사들은 릴스타인에게 저주를 퍼부었다.

"릴스타인이다!"

"릴스타인이 저주받을 비술을 사용했어!"

"악마 같은 놈!"

테라노어 최강의 마기언이자 광제를 해치운 혁명 영웅 중한 명이, 그의 비술을 훔쳐 자기 것으로 만들었다는 논리 역시 그럴듯하긴 마찬가지다.

투기강을 휘둘러 날아드는 촉수를 베어내며 하이어 바로스는 치를 떨었다.

"대체 상황이 어떻게 돌아가는 거냐!"

누가 이기고 지는 건지도 모르겠다. 혼돈의 극치였다.

현실에 강림한 생지옥, 눈 뜬 채 꾸는 악몽 속에서 그는 이를 악물며 검을 휘두르고 또 휘둘러 댔다.

"타아아앗!"

*　　　*　　　*

서쪽 전장 역시 혼란의 도가니였다. 무수한 마물을 상대하며 제논은 피투성이가 되어 있었다.

그나마 다행인 점은 더 이상 크림슨 나이츠를 신경 쓸 필요는 없다는 것이다. 릴스타인의 추가 명령 덕분에 그들 역시 마물들과 싸우느라 정신이 없었으니까.

미친 듯이 몰려오는 마물의 촉수를 베고 또 베던 중이었다. 바락의 외침이 들렸다.

"제논!"

"스승님?"

마물의 군세를 베어 넘기며 잘생긴 노인이 제논에게 다가오고 있었다. 부상이 심해 평소의 역량이 나오질 않아 힘거워하는 모습이었다.

간신히 도착한 바락이 서둘러 외쳤다.

"빠져나가자!"

"예? 하지만 아직 상황을 파악하지 못했는데……."

대체 누가 이기고 진 건지도 알 수 없는 상황인 것이다. 그런데 멋대로 도망친다는 것은 지휘관의 도리가 아니다.

"시한이 패했다!"

바락이 단호하게 말했다.

"너도 알지 않느냐? 그 녀석이 이계소환술을 못 쓴다는 걸!"

"그, 그렇죠."

다른 사람과 달리, 이 둘은 성시한이 루스클란의 비술을 쓸 수 없다는 걸 안다. 초대 황제의 유적을 찾을 때 확인한 사실이었고, 바락 역시 이야기를 전해 들었다.

"그럼 이게 누구 짓인지는 뻔하지! 이런 엄청난 짓을 저지를 수 있는 놈이 테라노어에 몇이나 되겠느냐?"

성시한이 아니라면 릴스타인일 수밖에 없다. 물론 왜 릴스타인이 기껏 이계소환술을 써놓고 자기 군대부터 작살내고 있는지는 모르겠지만……

"보나마나 마법 쓰다 삑사리 냈겠지! 마기언 놈들 헛짓하는 게 하루 이틀이더냐?"

그래도 제논은 여전히 결정을 내리지 못했다. 주위를 둘러보며 혼란스러운 표정을 짓는다.

"그렇다고 어찌 아군을 버리고… 컥!"

순간 제논이 픽 쓰러졌다. 잠깐 한눈을 판 사이 바락이 뒤통수를 후려갈겨 기절시킨 것이다.

"미안하구나, 제논."

그래도 여기서 죽게 놔둘 순 없다. 구십 평생을 기다려 겨우 만난 소중한 후계자였다.

기절한 제논을 짊어진 채 바락은 몸을 날렸다.

*　　　*　　　*

주위를 둘러보며 에세드는 결심을 굳혔다. 그 역시 바락과 비슷한 결론을 내리고 있었다.

'시한 대장이 패했다!'

애써 냉정함을 유지하며 대책을 강구한다. 아무리 생각해 봐도 지금 상황에서 취할 수 있는 선택지는 하나뿐이다.

'후퇴해야 해.'

에세드가 우드로우에게 고함을 질렀다.

"우드로우! 퇴각 신호를 보내!"

그들은 패했다. 그렇다면 최대한 후퇴해 병력을 보존해야 후일을 기약할 수 있는 것이다.

우드로우 역시 산전수전 다 겪은 처지라 바로 알아들었다. 그가 허공으로 세 대의 화살을 연사로 쏘아 올렸다. 따로 챙겨둔 마법 화살이었다.

펑! 퍼펑!

허공에서 세 개의 불꽃이 연달아 터졌다. 붉은색과 주황색, 그리고 주황색.

색의 배합을 통해 전군에 의미를 전달한다.

퇴각 신호였다.

'저건?'

서쪽의 브렌탈 국왕, 동쪽 성벽의 소드하이어들이 안색을 굳혔다.

'창천기사단의 신호?'

'시한 님이 패했다고?'

백호기사단을 돌아보며 브렌탈 국왕이 투기를 실어 소리쳤다.

"전군 후퇴! 상아탑으로 후퇴하라!"

*　　　　*　　　　*

알리타는 릴스타인의 본진과 백색 상아탑의 중간에 위치한 낮은 구릉에 몸을 숨기고 있었다. 상아탑까지 도주하지도 못한 것이다. 그녀보다 마물들의 이동이 더 빨랐다.

수많은 이계의 마물 무리가 머리 위를 그대로 지나가며 눈에 보이는 모든 생명체에게 포악한 살의를 드러내고 있었다. 유일한 예외는 알리타 자신뿐이었다.

"크아아아!"

마물의 군세가 인간을 죽인다. 구별 따위 없다. 적군이든 아군이든 할 것 없이 보이는 모든 인간에게 살의의 칼날을 들이댄다.

그 광경을 바라보며 알리타는 정신을 집중했다.

'멈춰!'

최대한 정신을 집중해 마음속으로 외치고 또 외친다.

'공격하지 마! 공격하지 말라고!'

마물들은 공격을 결코 멈추지 않았다.

'내 명령을 들어!'

그녀의 명령 따위 티끌만큼도 닿지 않았다.

릴스타인의 마력이 문제였다.

기반이 되는 마력의 종류가 바뀐 탓에 마물들이 알리타의 명령을 알아듣지 못하는 것이다. 심지어 소환 해제 명령조차도 먹히지 않는다.

이러다간 아군마저 휩쓸릴 판이다. 다행히 아직까진 마물의 군세 대부분이 릴스타인 왕국군에게 집중되어 있어 큰 피해가 없지만, 이대로라면 결과는 불 보듯 뻔하다.

'이제 어떻게 해야 하지?'

절망하며 알리타가 입술을 깨물 때였다. 문득 힘없는 여인의 목소리가 들렸다.

"알리타……."

옆구리에 끼고 있던 카렌이 정신을 차린 것이었다. 자신의 처지를 잠시 살핀 카렌이 잔잔한 음성으로 말했다.

"날 내려줘요."

"예? 하지만……."

"괜찮아요, 제 한 몸 가눌 정도의 힘은 남아 있어요."

휘청거리며 카렌이 몸을 일으켰다. 잠시 주위를 둘러보더니 냉정한 목소리를 잇는다.

"폭주로군요."

"네?"

"루스클란의 이계소환술사 중엔, 가끔 능력이 폭주해 소환한 마물을 부리지 못하는 경우가 있었지요."

알리타는 흠칫 놀랐다. 카렌의 목소리가 지나치게 담담했다. 마치 그녀가 루스클란의 후예였다는 걸 미리부터 알고 있었던 것 같았다.

"이 상황에서 폭주를 잠재우는 방법은 하나뿐이에요. 최대한 마물들과 거리를 벌려요. 그럼 소환된 마물들도 저절로 돌아갈 거예요."

"그렇다면……."

"네, 백색 상아탑으로 돌아가선 안 돼요."

카렌이 알리타의 등 뒤를 힐끔거렸다. 기절한 채 업혀 있는 성시한을 보며 잔잔한 미소를 짓는다.

"시한과 함께 이곳을 벗어나요."

"언니는요?"

"전 책임을 다해야 해요. 부하들을 버릴 순 없지요."

홀로 백색 상아탑으로 돌아가겠다며 카렌이 몸을 돌렸다. 알리타가 놀라 물었다.

"…돌아가면 분명히 죽을 텐데요?"

지금 카렌의 몸 상태로는 릴스타인이나 크림슨 나이츠는 고사하고 일개 기사 하나 상대할 수 없다.

"그렇겠죠."

그럼에도 카렌은 태연했다. 딱히 말을 덧붙이지도 않았다. 그저 이것이 당연하다는 듯 걸음을 옮긴다.

"시한을 부탁해요, 알리타."

"카렌 언니……"

알리타는 말문을 잃은 채 카렌의 뒷모습을 바라보았다.

등이 보인다.

여리고 가냘픈 미녀의 등이자 수많은 신민의 책임을 짊어진 여왕의 등…….

알리타가 슬그머니 오른손을 들었다.

빡!

뒷목에 강한 충격을 받고 카렌은 그대로 쓰러졌다. 알리타가 대뜸 그녀를 기습해 쓰러뜨린 것이었다.

"역시 아무리 카렌 언니라도 탈진한 상태에선 별수 없네……."

무너지는 카렌을 받아 들며 알리타는 쓴웃음을 지었다.

원래 뒷목을 쳐서 사람을 기절시킨다는 것은 거의 불가능에 가깝다. 너무 세게 치면 기절이 아니라 아예 골로 가고, 너무 약하게 치면 아프고 끝이다. 달인의 경지에 다다른 절묘한 힘 조절, 그리고 상대의 몸 상태를 정확하게 파악하는 안목이 결합되어야 겨우 가능한 일이다.

이 수준까지 알리타를 단련시켜 준 이가 바로 카렌이었다. 은혜를 원수로 갚은 셈이랄까?

"그래도 죽을 줄 뻔히 알면서 보내줄 순 없잖아……."

중얼거리며 알리타는 카렌을 도로 안았다.

그렇게 두 사람을 짊어지고 몸을 날린다. 저 마물들이 아군마저 덮치기 전에 최대한 서둘러 이 자리를 벗어나야 한다.

"이야압!"

기합까지 터뜨려 가며 알리타는 전력을 다해 질풍기를 발동했다. 그녀의 신형이 능선 저편으로 모습을 감췄다.

*   *   *

얼마나 싸우고 싸웠을까?

갑자기 상황이 변했다.

그토록 날뛰던 마물들이 움직임을 멈췄다. 날뛰는 촉수를 거두더니 석상처럼 제자리에 꼼짝도 않는다. 그리고 서서히 사라진다.

전장 끝에서 끝까지, 방대한 공간을 지배하던 마물의 군세가 점점 영역을 좁힌다. 릴스타인이 고개를 끄덕였다.

"이제야 소환이 해제된 모양이군."

카렌과 마찬가지로, 그 역시 루스클란 이계소환술사의 폭주에 대해선 꽤나 경험이 많았다. 왜 갑자기 마물의 군세가 사라져 버리는지 대충 짐작이 갔다.

그렇다고 기뻐할 이유는 전혀 없다.

이 현상은 곧, 알리타가 성시한을 데리고 완전히 이 자리를 벗어났다는 의미인 것이다.

"젠장……."

릴스타인은 신경질적으로 아랫입술을 깨물었다.

아까 그가 시한을 이렇게 비웃었던가?

"그냥, 다 잘해놓고 마지막에 황당한 착각을 하는 게 어이가 없어서."

조금만 단어를 바꾸면 바로 릴스타인 자신이 당한 일이다.

다 잘해놓고 마지막에 이 무슨 황당한 결과란 말인가?

"운명이란 게 꼬이면 이렇게까지 꼬일 수도 있나?"

더 억울한 건, 자신은 딱히 실수하지 않았다는 점이다!

모든 걸 계산해 변수까지 고려했다. 그러고도 혹여 예상치 못한 일에 대비해 결코 방심하지 않았다.

그런데 뜬금없이 루스클란의 마물이 나타나더니, 앞뒤 맥락도 없이 초월적인 힘을 발휘해 판을 엎어버려?

"하아……."

허탈한 얼굴로 그는 한숨을 내쉬었다.

"이 정도 힘을 손에 넣었는데도 아직도 모자라다는 거냐?"

·

Chapter 5

승자와 패자

갑작스레 나타났던 이계의 마물들마저 사라졌다. 더 이상
사파란—라텐베르크 연합군은 무신급 소드하이어 5인을 앞세
운 릴스타인 왕국군의 압도적인 무력을 막을 수 없었다.

백색 상아탑에 항복의 깃발이 걸렸다.

전투가 끝났다.

릴스타인의 승리였다.

*　　　*　　　*

백색 상아탑 1층의 한 연구실.

릴스타인은 이곳을 자신의 임시 집무실로 삼고 전후 보고를 듣고 있었다. 하이어 엔다윈이 진중한 목소리로 말했다.

"…현재 남은 병력은 8,000 정도입니다, 폐하."

15,000에 달했던 대군이 반 토막이 났다.

"꽤나 많이 잃었군."

반면 성시한 측 연합군은 오히려 큰 피해가 없었다.

릴스타인 왕국군을 덮치던 이계의 마물 무리는 백색 상아탑을 본격적으로 공격하기 전에 소환이 해제되었다. 덕분에 정작 연합군의 피해는 그리 크지 않은 것이다.

뒤이어 나타난 알파 시리즈 때문에 바로 전의를 잃고 항복한 것도 일반 병사들의 손실을 크게 줄인 원인이었다.

아이러니한 상황이었다.

승리한 쪽이, 패배한 쪽보다 피해가 막심하다.

엔다윈이 도무지 이해할 수 없다는 듯 침울한 목소리를 흘렸다.

"시한 님이 어떻게 루스클란의 저주받은 수법을 사용할 수 있는 건지……."

중의적인 말이었다.

무슨 수로 성시한이 이계소환술을 구사할 수 있었는지에 대한 방법론적인 의문과, 어떻게 다른 사람도 아니고 광제와 대적했던 시한이 그 더러운 술법을 사용할 생각을 할 수 있었느냐에 대한 원망이 섞여 있다.

"시한이 이계소환술을 쓴 건 아니지만……."

잠시 머뭇거린 릴스타인이 말을 이었다.

"그에 대해선 추후에 발표가 있을 것이다."

손을 저으며 그는 다음 내용을 독촉했다. 엔다윈이 보고를 이었다.

"크림슨 나이츠도 많이 잃었습니다."

60여 명이 넘었던 크림슨 나이츠도 혼전 속에서 꽤나 죽어 갔다. 현재 남은 전력은 30여 명이 채 안 된다.

릴스타인은 그 점에 대해선 전혀 신경 쓰지 않았다.

'얼마가 죽든 며칠만 준비하면 도로 채울 수 있는데, 뭘.'

그냥 흘려듣고 넘겼다. 그의 관심은 오히려 성시한 측의 피해에 집중되어 있었다.

말을 잇는 엔다윈의 안색이 살짝 굳었다.

"…하이어 말루프는 전사했습니다."

다른 초인급과 달리 한 팔을 잃은 탓에 무위에 손색이 많던 말루프였다. 이계의 마물이 습격하기도 전에 이미 크림슨 나이츠 다섯을 상대로 동귀어진했다고 했다.

"테오란트의 제자였던 하이어 란펠도 사망했다더군요."

테오란트 왕국이 자랑하던 최정예 기사단, 백경기사단도 반 이상이 죽었다. 남은 이들 역시 중상을 입고 현재 포로 신세가 되어 있었다.

"프레이어 호트렌은 다행히 건졌지만, 더 이상 검을 쥘 수 없는 처지가 되었다더군요."

그는 워낙 부상이 심했다. 교황급 프린이 오더라도 힘을 되찾을 수 없는 수준이었다. 불사의 마녀에 이어 기사단장까지 쓰러지니, 청월기사단 역시 분루를 삼키며 백기를 들었다.

사파란 왕국의 현 국왕, 하이어 브렌탈과 백호기사단 역시 처지는 비슷했다.

백호기사단은 기사단으로서 유지가 불가능할 정도로 큰 타격을 입었고…….

"브렌탈 국왕은 부상으로 인해 현재 의식을 잃은 상태입니다. 프린들의 말에 의하면 깨어날지 어떨지 알 수 없을 지경이라더군요."

새로운 흑사자 기사단장인 하이어 바로스와 과거 퀸즈 나이츠의 수장이었던 하이어 베르패스는 비교적 경상이었다.

물론 어디까지나 회복 불가능한 상처를 입은 호트렌이나 브렌탈에 비하면 '경상'이란 소리다. 바로스도 베르패스도 부상이 심해 제대로 거동하지 못하는 상황이었다.

"저 둘은 현재 엄중한 감시하에 감금 중입니다."

그 외에 대륙 각지에서 모인 달인급의 강자들 역시 중상을 입거나 포로가 되었다.

성시한이 그동안 모았던 전력 대부분이 박살 나버린 것이다.

"아쉽게도 창천기사단은 놓쳤습니다만……."

릴스타인이 혀를 찼다.

"역시 그런가? 그놈들이라면 그럴 것 같았다만……."

제대로 된 기사라면 기피하는 협공이며 차륜전, 기습 전법, 속임수와 뒤통수치기를 오히려 즐기는 창천기사단이다. 사고방식만 따지면 오히려 뒷골목의 불한당이나 무뢰배에 가깝다.

좋게 말하면 유연한 사고의 소유자고, 나쁘게 말하면 명예고 뭐고 일단 치사하게라도 살아남자는 주의랄까?

다른 기사단과 달리 창천기사단은 난전 및 혼란을 틈타 도주하는 수법에 극히 익숙한 것이다. 후퇴 명령이 떨어지자마자 바로 뿔뿔이 흩어져 제각기 살길 찾아 떠나 버렸으니 도저히 붙잡을 방법이 없었다.

사실 창천기사단을 탓할 수도 없는 것이, 예전에는 혁명군 대부분이 원래 저랬다.

단지 다른 이들은 지난 십 년 동안 자리를 잡고 높은 지위에 오르며 자연스레 기사도와 명예를 중시하는 전통적인 기사로 회귀했지만, 성시한을 잃고 내내 야인으로 살아가던 창천기사단은 여전히 혁명전쟁 시절의 사고방식을 고수하고 있었을 뿐이다.

"용병왕과 그의 둘째 제자도 도주했습니다."

릴스타인이 미간을 살짝 찌푸렸다.

"다른 놈들은 몰라도 바락 영감님은 좀 귀찮은데……."

그렇다 해도 충분히 압도적인 승리였다.

이계구원자와 불사의 마녀가 패한 지금 릴스타인을 상대할 자는 테라노어에 단 한 명도 없다. 아니, 릴스타인은 고사하고 알파 시리즈 중 하나를 감당할 강자조차도 남지 않았다.

"축하드립니다. 이제 테라노어는 폐하의 것이 되겠군요."

정중히 예를 갖추며 엔다윈이 은근슬쩍 물었다.

"그런데 포로들의 처분은 어찌하실는지……?"

포로가 된 이들 대부분은 엔다윈 입장에선 십 년 전의 전우였다. 적이 되어 마주할 땐 기사답게 전력으로 검을 휘둘렀지만, 일단 승리한 이상 아량을 베풀었으면 하는 마음이었다.

"그 역시 추후에 결정을 내리겠다."

이만 물러가라며 릴스타인이 손을 내저었다.

엔다윈이 자리를 떠났다. 릴스타인 역시 왕좌에서 일어나 자신의 방으로 향했다.

수행 기사들을 물리고 홀로 방 안에 들어간 뒤 릴스타인은 의자에 털썩 걸터앉았다. 그리고 손가락으로 머리를 꼬며 생각에 잠겼다.

엔다윈은 포로들의 처분에 신경을 썼지만 사실 그건 별문제가 아니다. 냉철하게 계산을 해 손해와 이득을 따진 뒤, 이득이 되는 결정을 하면 그만이다.

문제는 계산을 해도 답이 안 나오는 경우.

"대체 그 마물 군단은 뭐였지?"

백금발의 소녀가 소환한, 무한히 재생하고 증폭하던 정체불

명의 이계 마물.

이건 대체 어디서부터 확인을 해야 하는 건지도 모르겠다. 루스클란 대제의 기록에도 저런 건 없었다.

최소한 '문제'가 뭔지 알아야 '계산'을 해서 '답'을 낼 것이 아닌가?

그리고 놓쳐 버린 성시한도 문제다.

"아, 붙잡았어야 했는데……."

릴스타인은 한숨을 쉬었다.

"작정하고 도망치면 진짜 못 잡는데, 그 녀석."

하여튼 세상일 참 뜻대로 안 된다.

남들에겐 릴스타인이 그저 승승장구해 온 것으로만 보이겠지만, 솔직히 말해 여기까지 오면서 계획대로 된 일은 의외로 별로 없었다. 언제나 예상 못 한 변수가 꼬박꼬박 뒤통수를 쳤다.

그때마다 포기하지 않고 해결책을 찾아가며 상황을 타개해 왔을 뿐.

"자, 이 녀석을 대체 어떻게 찾는다?"

일단 성시한의 행방을 찾을 방법부터 모색하기 시작했다. 이건 그래도 이계의 마물과 달리 최소한 문제가 뭔지는 알고 있으니까.

"테라노어 전체에 탐색 결계를 펼치고 색출 마법을 24시간 돌리면 되려나?"

중얼거리다 말고 릴스타인은 문득 실소했다.

'나도 뼛속까지 마기언이군.'

보통 사람이면 이 상황에서 우선 사람을 풀어서 수색을 시키겠다는 발상을 먼저 떠올렸을 것이다. 누가 마기언 아니랄까 봐 이 와중에도 마법 쪽으로 먼저 머리가 돈다.

어쨌거나 말도 안 되는 망상이었다.

저 넓은 테라노어 대륙 전체에 결계를 펼치겠다니?

저건 설령 플로어 마스터라 할지라도 불가능한, 말도 안 되는 미친 짓인 것이다. 새 한 마리 잡겠다고 대륙 끝에서 끝까지 그물을 치겠다는 소리나 다름이 없다.

그런데 잠깐 마력을 계산해 본 릴스타인이 묘한 표정을 지었다.

'어라? 가능하겠는데?'

허황된 망상을 떠올렸는데 그게 사실은 실현 가능한 일이었다. 스스로가 얼마나 강력해졌는지 새삼 실감이 든다.

진지하게 릴스타인이 머리를 굴렸다.

'가만있자, 대륙 전체에 결계를 깔아두려면……'

일단 4대 상아탑을 전부 되찾아야 한다. 그 외에도 테라노어 각지에 따로 중계 술식 결계를 박아 넣어야 색출 효과를 극대화할 수 있다.

물론 성시한의 위치를 파악해도 쉽게 붙잡긴 힘들 것이다.

상대는 무신급 소드하이어이자 플로어 마스터다. 일반적인 병사나 기사를 풀어 잡을 수 있을 리 없다. 게다가 카렌도 함께할 테고 그 정체불명의 루스클란 소녀도 있다.

'감마와 델타, 엡실론을 함께 보내야겠군. 마법 병단과 기사단도 충분히 투입해서.'

알파와 베타까지 전부 보내면 결과가 보다 확실하겠지만 저 둘만은 절대 곁에서 떼어놓을 생각이 없다.

결론을 내리며 그는 미소 지었다.

"일단 테라노어부터 확실히 손에 넣어야겠어."

*　　　*　　　*

크라일 마을은 사파란 왕국 남부의 흔한 소규모 산촌 중 하나였다.

한때는 십여 호 정도의 사냥꾼들이 모여 사는 곳이었지만 현재는 전쟁으로 인해 모두가 피난을 떠나 버려진 마을이 되었다.

그 인적 없는 마을의 한 허름한 가옥에 두 명의 남녀가 숨어 있었다.

다리를 움직이지 못하는 흑발의 사내와, 그의 상처에 손을 대고 있는 흑발의 여인이었다.

"크론 리자테여, 당신의 종에게 권능을 허락하소서……."

한참 동안이나 치유술을 전개한 뒤 카렌은 하나밖에 없는 팔로 이마의 땀을 닦았다.

팔이 잘린 지 이틀이나 지났음에도 그녀는 아직도 잘린 팔을 재생하지 못했다. 신성력이 회복되는 족족 성시한의 부상을 다스리는 걸 최우선으로 삼은 탓이었다.

그만큼 현재 시한의 상처는 위급했다.

단순히 부러진 정도가 아니다. 무신급의 방어 투기가 송두리째 날아갈 정도로 강력한 마법이었다. 양 허벅지 아래쪽 뼈들이 완전히 으깨져 산산이 박살 나버렸다.

차라리 깔끔하게 잘렸으면 붙이기나 쉽지, 테라노어는 물론이고 21세기 지구의 현대 의학으로도 답이 안 나오는 심각한 상처인 것이다.

마침 곁에 있는 이가 테라노어 최강의 프린이기에 망정이지, 안 그랬으면 아무리 이계구원자라도 두 다리를 잃었을 것이다.

잠시 후 상처에서 손을 떼며 카렌이 한숨을 내쉬었다.

"휴우, 일단 위기 상황은 넘긴 것 같은데……."

그래도 성시한이 다시 일어서려면 며칠은 더 걸릴 터였다. 그나마 이것도 그녀의 능력이 워낙 초월적이고 성시한도 무신급이라 회복력이 어마어마해서 가능한 기간이었다.

'최소 열흘은 움직이지 않아야 해. 그래야 뼈가 제대로 붙어.'

재수 없게 다리뼈 박살 난 사람 업고 뛰다 뼈가 잘못 붙기라도 하면 평생 불구가 된다.

'물론 다시 한 번 박살 내고 도로 붙여도 되긴 하겠지만, 그건 정말 최악의 경우고.'

그러나 이곳 크라일 마을은 백색 상아탑에서 그리 멀리 떨어진 곳이 아니다.

'그리고 릴스타인이라면 분명 부하들을 풀어 시한을 찾으려 하겠지.'

카렌의 능력으로 일반 병사들을 처리하는 것쯤은 식은 죽먹기겠지만, 탐색 보낸 병사가 돌아오지 않는 시점에서 성시한의 위치는 들통나 버린다.

버려진 마을이라면 보통 수색 대상 1순위인 법, 적어도 상대가 수색할 만한 장소는 피해야 했다.

'어느 정도 뼈가 붙으면 들것이라도 만들어서 좀 더 안전한 곳으로 이동해야겠네.'

그렇게 카렌이 고민하고 있을 때였다.

밖에서 알리타의 기척이 느껴졌다.

"먹을 것을 좀 구해왔어요."

그녀는 양손에 작은 산새 세 마리를 들고 있었다. 사냥으로 잡은 것이었다.

제논처럼 십여 분 만에 토끼를 턱 하니 잡아 오는 건 불가능하겠지만, 알리타도 산속에서 오래 살아 제법 사냥 경험이 풍부하다. 하루 종일 숲속을 헤매면 이 정도는 가능했다.

"시한은 어때요, 카렌 언니?"

"아직 자고 있어요."

집 안으로 들어온 알리타가 나무토막으로 벽난로를 휘저었다.

불이 꽤 사그라지긴 했지만 아직도 안쪽엔 뜨거운 숯이 꽤 남아 있었다. 불씨 일부를 난로 한쪽으로 옮겨 새로 불을 피운 뒤 그녀는 남은 숯을 따로 모아 쌓았다.

그리고 잡아 온 산새의 털을 뽑고 커다란 나뭇잎으로 감싼 뒤 재 속에 파묻는다.

간단한 찜을 할 생각이었다. 환자가 있으니 직화로 구우면 아무래도 소화하기 힘들 터였다.

알리타가 아쉬운 소리를 했다.

"국물을 낼 수 있었다면 더 좋았을 텐데요."

카렌이 어깨를 으쓱였다.

"할 수 없죠, 솥이 없으니."

가난한 백성들이 피난을 가게 되면 솥이나 냄비 같은 금속류를 최우선으로 챙기게 마련이다. 버려진 마을은 있을 수 있어도, 버려진 솥은 있을 수 없다.

찜이 익기를 기다리며 두 사람은 벽난로 근처에 모여 앉았다.

침묵이 흘렀다.

문득 알리타가 중얼거렸다.

"전쟁은 어떻게 되었을까요?"

카렌은 대답하지 않았다. 알리타도 답변을 원하지 않았다. 이미 두 사람 모두 결과를 짐작하고 있었으니까.

알리타가 말을 돌렸다.

"여기 오래 머물진 못하겠죠? 릴스타인이 시한을 찾지 않을 리가 없으니까요."

"알리타도 위험해요. 릴스타인에겐 굉장히 매력적인 실험체일 테니까."

자신을 바라보던 릴스타인의 뱀 같은 눈빛을 떠올리며 알리타는 부르르 떨었다. 그녀가 조심스레 입을 열었다.

"저기, 카렌 언니……."

"네?"

"…언제부터 알고 있었어요?"

대체 언제부터, 알리타가 루스클란의 후예임을 알아차렸냐는 질문이었다. 카렌이 고개를 저었다.

"몰랐어요. 그냥 그런 것이 아닐까 짐작했던 정도에 불과해요."

"혹시 제가 무슨 실수라도 했었나요?"

"그런 건 아니고……."

말미를 흐리며 카렌은 시선을 외면했다.

알리타는 의아해했다. 고개 돌린 카렌의 얼굴이 살짝 붉어져 있었다.

'응? 대체 왜 언니가 부끄러워하는 거지?'

그때 등 뒤에서 희미한 신음이 들렸다.

"으으……."

성시한이 다시 깨어난 것이다. 그 탓에 알리타는 자신의 의문을 잊었다.

카렌이 그에게 다가가 걱정스러운 듯 물었다.

"기분이 어때요, 시한?"

정신을 차린 성시한은 넋 나간 얼굴로 천장만 바라보고 있었다.

"내 잘못이야……."

메마른 입술 사이로 후회 가득한 목소리가 새어 나온다.

"나 때문에 너무 많은 사람이 죽게 됐어……."

쓰러지자마자 바로 도망쳤고, 이후 소식을 듣지 못했기에 전쟁의 결과는 모른다. 하지만 짐작하기는 쉬운 일이다.

상식을 초월하는 압도적인 마력을 지닌 릴스타인, 그리고 무려 다섯 명이나 되는 무신급 소드하이어의 존재.

처음부터 승산 따윈 없었다. 애초에 싸워선 안 될 상대였다.

멍청하고 어리석었다. 힘을 키우기 전까진 쥐 죽은 듯이 지내야 했다. 그렇지 않았다면 희생도 없었을 것이다.

"전부 내 탓이야……."

"미안해요."

알리타의 어깨 역시 움츠러들어 있었다.

"내가 지구인을 제대로 파악했다면 이 상황까지 오진 않았을 텐데……."

처음부터 릴스타인 곁에 있었던 알파와 베타의 존재를 알아차렸다면 더 큰 피해를 입기 전에 후퇴할 수 있었을지도 모른다. 패배를 피할 순 없었을지 몰라도 전력을 보존할 수는 있었을 것이다.

그리고 그녀가 소환한 이계의 마물들…….

카렌이 제때 깨어난 덕분에 마물의 군세가 아군을 덮치기 전에 전장을 빠져나올 수 있었다. 하지만 전혀 피해가 없는 것도 아니다. 최전방에서 싸우던 이들 중엔, 알리타의 마물에 의해 죽어간 아군 병사도 분명 있었다.

인간의 생명은 서류 위의 숫자로 치부할 수 없는 것.

'설령 단 한 명이 죽었다 해도, 그 죽음은 내 책임이야.'

두 사람은 죄책감에 짓눌린 채 침울해했다. 무거운 공기가 사방에 깔렸다.

카렌이 한숨을 쉬며 입을 열었다.

"두 사람의 잘못이 아니에요."

담담하고 부드러운 목소리로 위로를 건넨다.

"시한이 없었다 해도 어차피 테라노어는 같은 피를 흘렸을 거예요. 그리고 알리타, 선의로 행한 일이 최악의 결과를 낳는 것은 드문 일이 아니에요. 오히려 이쪽이 더 흔하죠. 그렇다 해서 아무런 행동도 하지 않는 것이 최선은 아니에요."

두 사람을 다독이며 카렌은 한 팔로 재를 휘저었다.

충분히 익은 산새 찜이 고소한 향기를 풍긴다. 그 냄새를 맡는 순간 성시한의 뱃속에서 꼬르륵 소리가 들렸다.

"하, 꼴사납네……."

어처구니가 없어 시한은 헛웃음을 흘렸다.

완전히 패배했고 일어서지도 못할 부상을 입었으며 애병인 디재스터마저 잃었다. 이런 절망적인 상황에서조차, 그의 육체는 배고픔을 먼저 호소한단 말인가?

"할 수 없어요. 인간이잖아요?"

카렌은 반쯤 탄 나뭇잎을 펼쳐 산새 찜을 꺼냈다.

"먹어요."

음식을 내밀며 그녀가 잔잔한 어조로 말했다.

"열심히 씹고 삼켜요. 마지막 한 조각까지 흡수해서 시한의 육체, 정신, 힘으로 만들어요. 그리고 다시 일어나요. 일단 일어나야, 행동할 수 있는 법이니까요."

순간 성시한이 멍한 표정을 지었다.

"……."

"왜 그래요, 시한?"

의아해하며 카렌이 물었다. 어색해하며 그는 머리를 긁었다.

"아, 예전에 릴스타인에게 비슷한 소리를 들은 적이 있거든."

"흔한 관용구니까요. 그래도 별로 기분 좋은 우연은 아니네요."

머쓱해하며 카렌이 어깨를 으쓱거렸다. 알리타가 묘한 눈으로 그녀를 바라보았다.

확실히 테라노어에서는 흔한 관용구이긴 했다. 그러니까, 진정으로 상대를 소중하게 여길 때나 사용하는 흔한 관용구……

시한의 입가에 희미한 미소가 돌아왔다.

"그래……"

말 몇 마디로 사람의 기분이 바로 바뀌진 않는다. 하지만 동시에, 말 몇 마디로 한결 나아지기도 하는 법이다.

애써 웃으며 그는 고기를 입으로 가져갔다.

"다시 일어서야지."

　　　　*　　　　*　　　　*

어느 정도 배를 채우니 기운이 났다.

성시한은 두 다리로 투기를 돌렸다. 회복을 촉진시키는 투기의 흐름이 상처를 어루만졌다.

원래 다리가 으깨진 채로 투기 회복을 시도하면 뼈가 뒤틀려 제대로 낫지 않는다. 하지만 지금은 카렌이 치유술로 뼈의 파편을 일차적으로 제자리로 되돌린 후였다. 덕분에 안전하게 부상이 치료되며 통증도 상당히 가라앉았다.

그렇게 한숨 돌린 뒤 시한은 고민에 **빠졌다**.

"릴스타인 녀석, 대체 어떻게 그렇게까지 강해진 거지?"

강해졌을 줄이야 짐작하고 있었지만 예상치를 너무 뛰어넘었다. 한참을 고민해 봐도 답이 나오지 않았다. 답을 유추할 어떤 정보도 없었으니 당연한 이야기였다.

카렌이 화제를 바꿨다.

"그런데 알리타, 어떻게 그렇게 강력한 마물 군대를 소환할 수 있었던 거죠?"

"그래, 나도 이계의 마물이랑은 많이 싸워봤지만 그 정도는 아니었거든?"

성시한도 카렌도 왕년 루스클란의 마물과는 지겹도록 싸워보았다. 이계 마물의 능력이며 재생력, 약점 따윈 손에 잡힐 듯이 꿰고 있었다.

"광제조차도 알리타만큼 강력한 마물 군세는 부르지 못했었는데요?"

카렌의 말에 알리타는 두 사람의 착각을 알아차렸다.

성시한도 카렌도, 알리타가 마물을 소환하고 한참 후에야 정신을 차린 것이다.

그들이 본 것은 수백 마리의 마물들이 끝없이 재생과 분열을 반복하는 과정이었을 테니, 저리 여기는 것도 무리가 아니다.

"아, 그것이……."

알리타는 차분히 당시의 상황을 설명했다.

마법에 대해 잘 모르는 카렌은 이해를 못 해 연신 고개만 갸웃거렸다. 하지만 성시한은 대충 짐작 가는 부분이 있는 모양이었다.

"왜 재생력이 그리 강해졌는지는 일단 알겠네."

알리타의 차원력은 100미터급, 500미터급인 광제에 비하면 여러모로 약하다. 그리고 그녀가 소환한 이계 마물은 분명 100미터급의 권능을 지니고 있었다. 실제로 처음 소환되었을 때는 릴스타인의 마법에 의해 간단히 박살이 났다.

하지만 알리타가 광제보다 월등한 부분이 하나 있다.

바로 마력.

광제는 최강의 이계소환술사였지만 마기언으로서는 7층 수준에 머물러 있었다. 그의 마력도 낮은 편은 아니었지만, 슬슬 9층에 육박하는 알리타의 마력에 비하면 많이 모자랐다.

그 막대한 마력이 100미터급 마물에게도 광제의 마물에 필적하는 재생력을 부여한 것이다.

"이계의 마물은 테라노어의 생물보다 마력 대비 효율이 월등히 높지."

같은 마력이라도 훨씬 강력한 파괴와 재생의 힘을 발휘한다. 그러니 알리타의 마력에 의해 이계 마물이 부활에 가까운 재생력을 보이는 것도 불가능한 일은 아니다.

"광제는 군이 소환 끝난 마물에게 따로 마력을 부여하거나
하진 않았지만."

차원력이 마력보다 훨씬 높다면 군이 소환 끝난 마물에게
마력을 낭비할 필요가 없다. 그냥 그 마력으로 새로운 마물을
소환하는 것이 남는 장사다.

하여튼 왜 소환이 끝난 마물이 더욱 강해졌는지는 대충 이
해가 되었다.

문제는 그다음이다.

"한 마리의 마물이 재생과 분열을 반복하며 거대한 군대가
되었다……."

혼란스러워하며 시한은 고개를 저었다.

이건 광제는 물론이고 고금 최강의 마기언이었다는 초대 황
제에게도 불가능한 짓이다. 얼마나 막대한 마력이 있어야 저
런 짓이 가능하다는 건지 짐작도 안 간다.

"이건 진짜 모르겠네, 릴스타인의 마력을 멋대로 뽑아먹었
다고?"

"느낌은 그랬어요. 이유를 설명하라면 못 하겠지만……."

의외로 성시한은 알리타의 대답을 이해했다.

"그렇겠지, 원래 혈통 마법은 설명이 안 되는 쪽이 정상이
니까."

말하자면 두 눈으로 파란 물체를 보고 '아, 파란색이구나' 라
고 알아봤는데 장님이 왜 그게 파란색이냐며 자기가 알아듣

게 설명을 하라는 격이다. 저걸 대체 뭔 수로 설명하라고?

하지만 반대로 말하면, 설명은 못 해도 느낌 자체는 진실이란 의미가 된다.

"릴스타인의 마력이 이계 마물에게 흘러갔다라……."

역시 이유는 짐작이 안 간다. 릴스타인이 강해진 이유와 마찬가지로 근거 삼을 정보가 전혀 없다.

대신 카렌은 다른 쪽을 주목했다.

"그런데 릴스타인은 자기 마력이 이계 마물에게 흘러가는 걸 모르고 있었다고요?"

"네, 꼭 그래 보였어요."

그 상황에서 릴스타인이 알리타의 시선을 의식해 연기를 할 이유는 전혀 없으니, 저것도 사실일 터다.

카렌이 눈살을 찌푸렸다.

"어떻게 그걸 모를 수가 있죠? 마력 흐름을 못 느낀 거야 뭔가 이유가 있다손 쳐도, 일단 자신의 마력이 계속 감소하는 건 알아차릴 수밖에 없지 않나요?"

알아차리지 못할 정도로 마력 소모가 적었을 리는 없다. 단 한 마리의 마물이 수백의 군세가 될 정도면 실로 어마어마한 마력이 필요했을 것이다. 아무리 릴스타인이 둔해도 그 정도 마력이 줄어드는 걸 못 느꼈을까?

"설령 마력 흐름을 감지하지 못하더라도, 정황상 충분히 짐작은 할 수 있지 않을까요?"

"카렌 언니 말이 맞긴 한데, 당시의 릴스타인은 그것도 짐작 못 하는 것 같았어요."

"어째서?"

카렌과 알리타가 동시에 고개를 갸웃거렸다.

성시한이 눈을 빛냈다. 이야기를 듣다 보니 뭔가 번뜩이는 것이 있었다.

"어라? 가만……."

마력을 지갑에 든 돈으로 비유해 보자.

기막힌 솜씨를 지닌 소매치기가 있어, 몰래 지갑을 훔쳐 돈을 빼내고 도로 지갑을 호주머니에 넣어둔다. 소매치기당한 당사자는 아무것도 모르고 지나친다. 그리고 나중에, 뭔가를 계산하려고 지갑을 꺼낸 다음에야 비로소 알아차린다.

이 구도라면 릴스타인이 마력 감소를 모르는 건 말이 안 된다.

당시의 그는 수시로 마법을 써댔다. 수시로 지갑을 열고 내용물을 확인했다는 소리였다.

하지만 은행을 해킹해 계좌 이체를 통해 돈을 빼냈다면?

'아무리 지갑을 열어도 도둑맞은 줄 알 리가 없겠지. 은행에 찾아가 통장을 확인하기 전까진 말이야.'

이는 곧, 릴스타인의 마력이 본인에게 귀속되어 있는 것이 아니라는 의미가 된다.

"릴스타인의 그 말도 안 되는 마력의 비밀이 거기에 있을지도 모르겠네."

물론 이런 근거 없는 짐작만으로 승리의 돌파구를 찾았다고 할 순 없다. 그래도 돌파구가 '있을지도' 모른다는 사실 정도는 알게 되었다.

"…라고는 해도 여전히 암담하긴 마찬가지지만."

시한은 한숨을 내쉬었다. 릴스타인의 비밀을 캐내기 위해서 대체 어디서부터 손을 대야 할지 모르겠다.

카렌이 그를 달랬다.

"어차피 당장은 움직일 수도 없잖아요? 지금은 회복에만 전념을 다해요."

이틀 전엔 책임감 때문에 무턱대고 상아탑으로 돌아가려 했던 카렌이었다. 하지만 지금은 머리가 많이 식었다.

현 상황에서 릴스타인에게 항복해 봐야 그가 신경 쓸 일하나만 줄여줄 뿐이다. 유리할 것이 없다. 오히려 알리타에게 고마워해야 할 일이었다.

성시한은 고개를 끄덕였다.

"일단 힘을 회복한 다음, 라텐베르크 왕국으로 돌아가 상황을 파악해야겠네."

알리타가 불안해하며 물었다.

"그때까지 라텐베르크 왕국이 남아 있을까요?"

야심을 드러낸 릴스타인이 이대로 멈출 거란 생각은 전혀 들지 않는다. 라텐베르크뿐 아니라 사파란, 테오란트, 이나시우스 교국 전부 그의 정복 대상일 것이다.

성시한의 안색이 어두워졌다.

"나도 그게 걱정이긴 하지만……."

수심 가득한 표정으로 카렌이 말을 받았다.

"…당장 선택지가 없으니 어쩔 수 없네요."

＊　　　＊　　　＊

백색 상아탑을 장악한 뒤 릴스타인은 테라노어 전역에 선포했다.

―이계구원자의 본성이 드러났다! 그가 우리 세상을 얼마나 하찮게 보았는지, 이 전투로 인해 모두가 알게 되었으리라!

전장을 가득 뒤덮었던 이계의 마물 군세가 바로 증거였다.

릴스타인은 성시한이 루스클란의 후예를 몰래 숨겨놓고 그 힘을 빌려 제2의 광제가 되려 했다고 주장했다. 그러다가 위급한 상황이 되자, 모두가 증오하는 루스클란의 비술을 써서 비겁하게 저 혼자 도망쳐 버렸다고.

―저주받을 루스클란의 힘마저 사용해, 부하들조차 버리고 도망친 그를 어찌 구원자라 부를 수 있겠는가?

누명을 씌웠다고 하기도 애매하다. 솔직히 말해서, 정말 있는 그대로의 사실이긴 한 것이다.

증거도 충분했다. 이계 마물의 군세가 학살한 이들은 대부분 릴스타인 왕국군이었다. 상아탑 쪽은 별 피해가 없었다.

누구라도 릴스타인의 주장에서 허점을 찾을 수는 없으리라.

그런데 세간의 반응은 달랐다.

"이계구원자가 루스클란의 비술을 썼다고?"

"릴스타인이 아니라?"

"그 크림슨 나이츠라는 놈들, 사실은 지구인이라던데?"

라텐베르크 왕국으로부터, 크림슨 나이츠의 정체가 릴스타인이 소환한 지구인이라는 정보가 은연중 퍼져 나오고 있었다. 그리고 이는 꽤나 앞뒤가 맞는 이야기였다.

크림슨 나이츠가 지구인이었다면 그간의 많은 의문이 해소된다. 대체 저 정도의 강자들이 어떻게 저리 대량으로, 그것도 아무런 과거 없이 등장했는지 완벽히 설명되는 것이다.

그리고 이는 곧, 릴스타인이 루스클란의 이계소환술을 알고 있다는 증명이기도 하다.

이계구원자가 테라노어에 소환된 이유는 광제의 의식 때문이었으니까.

"릴스타인이 저지른 짓 아냐?"

"하지만 분명 피해를 본 건 릴스타인 왕국군이잖소?"

"그렇다 해도 결국 승리한 건 그쪽이 아닌가?"

요 근래 평이 많이 하락하긴 했지만, 어쨌든 성시한은 루스클란 제국을 물리친 혁명의 주축이었다. 그런 시한이 타락해 루스클란의 마물을 부린다는 건 납득하기 어려운 이야기다.

하지만 릴스타인은 다르다.

요새 그의 행보를 보면 볼수록, 어째 광제가 떠오른다.

"릴스타인이 이계소환술 쓰다 뭔가 실수한 게 아닐까?"

"마기언이 마법 잘못 써서 아군까지 휩쓸리는 거야 흔한 이야기잖아?"

세간의 반응에 릴스타인은 헛웃음을 흘렸다.

"하? 이야기가 이런 식으로도 흘러가나?"

기껏 진실을 세상에 알렸는데 오히려 없는 욕까지 먹게 되었다. 모든 것이 라텐베르크 왕국이 푼 크림슨 나이츠의 정보 탓이었다.

그러나 그는 분노하지 않았다. 오히려 감탄했다.

"이 타이밍에 저 정보를 풀다니, 누군지 모르겠지만 재주가 좋군."

예전이었다면 난감해했을지도 모르겠다. 하지만 이미 그는 절대적인 힘을 손에 넣었다. 운명을 극복하기엔 살짝 모자랄지 몰라도 세간의 평 따위를 더 이상 신경 쓸 필요는 없다.

지금의 그에게 민심 따윈 무의미하다.

"뭐, 좋아."

벽에 걸린 테라노어 전도를 바라보며 릴스타인은 눈을 가늘게 떴다.

"하나하나 짓밟아주지."

＊　　　＊　　　＊

라텐베르크 왕국 수도 라텐셀.

자신의 집무실에서 각지의 보고 서류를 훑어보며 켈테론은 근심에 차 있었다.

"휴우, 때맞춰 정보를 풀어 일단 여론은 잡았다만……."

그가 할 수 있는 일은 고작해야 여기까지였다.

켈테론도 아는 것이다. 이까짓 민심을 아무리 조작해 봤자 현 상황에서는 큰 의미가 없다는 것을.

그만큼 현재 릴스타인의 힘은 테라노어 전체를 완벽하게 압도하고 있다. 아무것도 안 하는 것보다는 나으니 일단 여론은 반전시켰다만, 이것만으로 상황이 바뀌진 않는다.

한숨을 쉬며 그는 멍하니 창밖을 바라보았다.

"…시한 님은 어떻게 되신 거지?"

Chapter 6

패왕의 길

사파란 왕국은 또 멸망했다.

왕도 아올라드로 진입하는 릴스타인 왕국군을 백성들은 덤덤한 눈으로 바라보았다.

처음에는 타국의 군대를 보고 벌벌 떨기도 했던 이들이었다. 하지만 요즘은 워낙 자주 수도를 점령당한 터라…….

두려워하지 않는다는 의미가 아니다.

공포보다 허탈감과 포기를 먼저 느낀 것이다.

왕성으로 향하는 릴스타인 왕국군을 지켜보며 누군가가 허망하게 중얼거렸다.

"이제 세상이 어떻게 되려나……."

                    *   *   *

　브렌탈은 릴스타인의 포로가 되었다. 백호기사단은 릴스타인의 휘하로 들어갔다. 주군의 목숨을 담보로 충성을 저당잡힌 격이었다.

　원래 릴스타인은 후환을 없애기 위해 성시한 측의 고위 소드하이어를 싹 다 죽여 버릴 셈이었다.

　이미 초인급과 무신급 소드하이어를 충분히 보유하고 있으니 타국의 소드하이어를 욕심낼 이유가 없다. 그보단 차라리 미래의 적을 치워 버리는 쪽이 이득이다.

　그런데 상황이 여의치 않았다.

　알리타가 소환한 이계 마물의 군세 때문에 병력 손실이 너무 컸다.

　초인급이야 얼마든지 찍어낼 수 있고 무신급 5인도 건재하니 전력 자체는 충분하지만, 영토를 실제로 점령하고 유지할 일반 기사와 병사들의 숫자가 모자란 것이다. 지구에 비유하면 핵미사일은 그득그득 쌓아놓았는데 재래식 군대가 모자란 격이랄까?

　기존 사파란 왕국군을 흡수할 수밖에 없었다. 그러려면 브렌탈이 살아 있는 쪽이 인질로서 가치가 있었다.

　하이어 바로스와 베르패스도 만일을 대비해 살려놓았다.

둘 다 흑사자 기사단과 과거의 퀸즈 나이츠에 영향력이 크다. 추후에 병력을 추가로 영입할 때 쓸모가 있을 것이다.

반면, 호트렌의 청월기사단과 말루프의 백경기사단은 잔혹한 운명을 맞이했다.

백호기사단과 달리 백경기사단은 단장인 말루프를 잃었다. 대부분 기사의 명예를 내세우며, 항복하느니 차라리 죽음을 택하겠다는 태도를 굳건히 했다.

청월기사단 역시 상황은 비슷했다.

단장이 폐인이 되고 교황인 카렌도 생사불명의 상태였다. 릴스타인에게 굴복할 명분이 없었다.

끝까지 전향하지 않은 이들은 모조리 처형되었다.

어제의 적이 오늘의 아군이란 말은 어디까지나 지휘관의 탁상공론에 불과하다. 동료를 잃고 슬퍼하는 이들에게, 어제까진 적이었지만 이젠 같은 편이니 원한을 잊고 같이 싸우라고 하면 과연 받아들일 수 있을까?

죽여야 할 땐 죽여야 한다.

누군가는 아군의 죽음에 책임을 져야 한다. 그래야 군의 사기를 유지할 수 있다.

잔혹한 처형을 끝으로 릴스타인은 군대의 체재를 다시 한 번 정비했다. 그리고 그대로 북진했다.

국왕과 왕국의 주력이 모조리 제압되었으니 더 이상 저항할 세력이 있을 리 없었다. 상아탑 전투가 끝난 지 고작 엿새

만에 그는 사파란 왕국의 옥좌 앞에 섰다.

"이 의자도 참 자주 보게 되는군."

화려한 국왕의 의자를 바라보며 릴스타인은 빙그레 웃었다.

한때 사파란이 차지했고, 한 번은 릴스타인이, 그리고 브렌탈이 앉아 있다가 다시 자신에게 돌아온 사파란 왕국의 푸른 옥좌.

예전과 다르게 그는 옥좌에 올라가 앉지 않았다. 대신 허공을 가볍게 움켜쥐었다.

콰지직!

두꺼운 옥좌가 과자처럼 간단히 부스러져 버렸다.

왕좌 자체를 박살 내버린 것이다.

"더 이상 사파란 왕국은 없다. 왕국이 없는데 왕좌가 어찌 있겠느냐?"

이어서 사파란 왕국의 체재를 모조리 뜯어고쳤다. 기존의 귀족 세력을 싹 다 숙청하고 그 자리에 릴스타인 왕국의 심복들을 앉혔다.

원래 타국을 점령할 땐 반발을 염려해 이렇게까지 무리수를 두진 않는 법이다. 하지만 릴스타인은 개의치 않았다.

"압도적인 힘을 지니고 있다면 더 이상 무리수가 아니지."

모두를 숙청한 건 아니었다. 개중엔 꽤 탐나는 인재도 있었다. 사파란 왕국의 궁정 마기언이자 백색 상아탑주인 모투스가 그런 경우였다.

포로가 된 모투스를 다시 부른 뒤 회유를 권했다.

"사파란은 죽었다. 사파란 왕국도 더 이상 없다. 아직도 뜻을 꺾지 않을 생각인가?"

릴스타인은 모투스가 보여준 저력을 기억하고 있었다. 아무리 상아탑의 힘을 빌렸다 해도 '절멸의 하늘'은 어지간한 실력으로 구사 가능한 마법이 아니다.

초췌한 얼굴로 모투스는 고개를 저었다.

"죄송합니다, 릴스타인 님."

"폐하라고 하진 않는군?"

"당신은 위대한 마기언입니다. 같은 길을 걷는 이로서 어찌 존경하지 않을 수 있겠습니까?"

그의 눈빛이 형형하게 빛났다.

"그러나 왕은 아닙니다."

그는 이제껏 세 명의 왕을 섬겼다.

사파란, 이계구원자, 그리고 하이어 브렌탈.

지금 눈앞에 서 있는 이는 그들을 모조리 꺾은 자다.

"죽이십시오. 당신을 군주로 섬길 순 없습니다."

"역시 그런가?"

피식거리며 릴스타인이 손짓했다. 명백히 반감을 드러냈음에도 그는 모투스를 처형하지 않았다.

"데려가 다시 가둬라."

소드하이어 따윈 솔직히 아쉽지 않다. 초인급도 무신급도

득시글거리는데?

하지만 마기언의 전력은 아까운 것이다.

주방의 모든 요리를 할 수 있는 쉐프라고 해서 실력 있는 보조가 필요 없다는 건 아니다. 적색 상아탑의 마기언들이 물론 충성스럽긴 하지만 능력 있는 자가 더 있으면 그만큼 일이 편해진다.

'당장은 따를 리가 없겠지만, 테라노어가 완전히 내 것이 되고 체재가 안정되면 써먹을 만하겠지.'

구금된 모투스를 대신해, 그는 옛 백색 상아탑주를 다시 불렀다. 8층의 마기언 슈트란트에게 탑의 지휘권이 실린 로드를 돌려주었다

"슈트란트, 이제 백색 상아탑은 그대의 것이다."

"감읍할 따름이옵니다, 폐하!"

마냥 감격하는 슈트란트를 보며 릴스타인은 속으로 혀를 찼다. 역시 기량은 모투스가 슈트란트보다 훨씬 위였다.

'저 친구도 실력이 나쁘진 않은데, 너무 정치적이어서 문제야.'

오른 층수가 같고 익힌 마법이 동일하다 해도 마법을 대하는 자세에서 마기언의 실력은 크게 갈린다. 사건이 터졌을 때 마법을 우선적으로 떠올리느냐, 상식이 우선이냐에 따라 성장 속도에 차이를 보이는 것이다.

성시한을 놓쳤을 때, 릴스타인은 사람을 풀어 그를 찾겠다

는 생각보다 대륙 전체에 결계를 깔 생각부터 먼저 했다.

일견 멍청해 보이는 이야기지만 원래 한 분야의 극에 다다른다는 것은 삶의 모든 방식이 그에 맞춰진다는 의미다. 저사소한 마음가짐이 다음 단계로 넘어가느냐, 아니면 그 자리에서 주저앉느냐를 결정하는 법이다.

"어쨌든 이걸로 이곳은 대충 정리가 끝났군."

지도를 보며 릴스타인은 잠시 궁리했다.

"자, 그럼 위에서 내려갈까, 아래에서 올라갈까?"

사파란 왕국에서 동쪽으로 향하면 에란트 1세가 다스리는 테오란트 왕국.

'아니면 본국으로 귀환한 뒤 카렌을 잃은 이나시우스 교국부터 정리하는 방법도 있군.'

양쪽 모두 승산은 똑같다. 알파 시리즈와 크림슨 나이츠가 있는 이상 어딜 상대해도 어차피 결과는 마찬가지다.

그렇다면 대체 무엇을 근거로 판단을 내려야 할까?

잠시 후 릴스타인은 결정을 내렸다.

"북쪽은 아무래도 춥겠지?"

거추장스러운 털 코트 입고 돌아다니는 것도 꽤나 귀찮은 일이다.

"따뜻한 남쪽 나라부터 처리하는 게 낫겠어."

전략이나 전술 따윈 무시한, 철저하게 자신의 기분에 따른 결정이었다.

*　　　*　　　*

백색 상아탑 전투가 이어지는 동안, 시디아가 이끄는 이나시우스 교국군은 릴스타인 왕국 동부 국경에서 대치하고 있었다.

릴스타인 왕국 국경 수비군은 병력의 수도 많지 않고 크림슨 나이츠나 적룡기사단 같은 초강자들도 없다. 하지만 이나시우스 교국 역시 카렌과 프레이어 호트렌, 청월기사단 같은 주력이 빠져 있는 것이다.

험준한 지형의 이점에 힘입어 릴스타인 국경 수비군은 철저히 버티며 시간을 끌었고 교국군도 쉽게 요새를 점령하지 못했다.

덕분에 백색 상아탑 전투가 끝날 때까지도 전선은 계속 고착 상태였다. 그럼에도 릴스타인은 전투가 진행 중인 동부 전선보다 사파란 왕국 점령을 우선시했다.

8,000까지 줄어든 군세를 보충할 필요가 있었던 것이다.

전투가 끝나고도 사파란 왕국군은 7,000 가까이 병력이 남아 있었고 이 숫자는 그대로 릴스타인 왕국군에 편입되었다.

1만 5,000의 대군을 이끌고 릴스타인은 남하(南下)를 개시했다.

알파 시리즈와 30여 명의 크림슨 나이츠를 앞세운 릴스타인의 군세를 상대로 이나시우스 교국군은 실로 크게 패했다. 제대로 싸워보지도 못하고 후퇴를 거듭할 뿐이었다.

승승장구하며 릴스타인 왕국군은 계속 동쪽으로 향했고, 국경을 넘어 오랜 인연의 도시 앞에 서게 되었다.

벌써 몇 번이나 릴스타인의 야욕을 꺾었던 대륙 최대의 자유도시.

카곤 시티였다.

*   *   *

카곤 시티를 다스리는 일곱 가문의 수장들.

이들 앞에 한 명의 전령이 거울을 들고 서 있었다. 릴스타인의 모습이 비친 마법 거울이었다. 도시 밖에서 마법을 통해 실시간으로 자신을 비추고 있는 것이다.

"카곤의 수장들이여."

릴스타인의 목소리를 들으며 일곱 가주들은 당황했다. 눈앞의 전언 마법은 그들의 상식을 초월하고 있었다.

'저게 어떻게 가능하지?'

'전언 마법은 분명 양쪽에서 8층 이상의 고위 마기언이 각각 마법을 써야 한다고 알고 있는데?'

거울을 든 저 전령은 누가 봐도 평범한 병사였다. 8층의 고위 마기언일 리가 없었다.

거울 속 릴스타인이 오만한 어조로 말을 이었다.

"진정한 왕 앞에 무릎을 꿇어라."

일곱 가주들은 애써 용기를 끌어 올렸다.

"흥!"

"웃기는 소리!"

"우리가 당신 같은 악마에게 항복할 것 같은가?"

"어차피 항복해 봤자 피가 강을 이룰 텐데!"

2차 카곤 전쟁 때, 릴스타인은 크림슨 나이츠를 앞세워 실로 무자비한 학살을 저질렀다. 무수한 인명이 죽고 또 죽었다. 병사나 장정은 물론이고, 힘없는 노약자나 아녀자조차도!

그런데 어찌 그런 피도 눈물도 없는 자에게 무릎을 꿇을 수 있을까?

"우리는 끝까지 싸울 것이다!"

흥분한 일곱 가주들을 바라보며 릴스타인은 쓴웃음을 지었다.

'하긴, 그때 내가 좀 무리하긴 했지.'

카곤 시티는 릴스타인의 계획을 계속 막았던 곳이고, 또 육왕국에 포함되어 있지 않은 자유도시였다. 테라노어 자유민들의 상징이나 다름없는 곳이라 유독 혹독하게 대했던 것이 사실이다.

'하지만 지금은 그럴 필요가 없지.'

온화한 표정으로 릴스타인이 입을 열었다.

"안심하라, 카곤의 시민들이여. 짐은 더 이상 불필요한 피를 흘릴 생각이 없다."

가주들은 믿지 않았다. 이미 예전 침략 때 릴스타인은 충분히 불필요한 피를 흐르게 만들었다.

그러나 릴스타인은 거짓을 말한 것이 아니었다.

"미안하구나, 당시엔 내가 약하여 그럴 수밖에 없었다."

평판, 민심, 여론.

세상과 직접 맞서 싸울 수 없을 정도로 약해서 어쩔 수 없이 학살과 공포로 다스려야 했다. 반항의 의지가 두려웠기에, 그 의지를 꺾을 수밖에 없었다.

"이제 짐은 약하지 않다."

더 이상 세상을 눈치 볼 필요가 없다. 더 이상 반항의 의지를 두려워할 필요가 없다.

반항하든 말든, 의지가 견정하든 말든 어차피 짓누를 수 있으니까!

거울 속 릴스타인이 손짓을 했다.

"잠시 창밖을 내다보는 것이 어떠한가? 그대들의 결정을 도와줄 풍경이 비칠 테니까."

의아해하며 일곱 가주가 고개를 돌렸다.

홀의 창문 너머로 푸른 하늘이 펼쳐져 있었다. 성벽과 건물들 때문에 릴스타인 왕국군의 모습은 보이지 않는다.

'풍경?'

'무슨 풍경?'

그때였다.

가공할 기운이 느껴지며 대기가 떨렸다. 일반인조차도 털끝이 설 지경이었다. 동시에 푸른 하늘 위로 찬란한 태양 아래, 황금빛 태양이 또 하나 떠올랐다.

만물을 굽어살피는 아란 테세린의 성스러운 빛이 아닌, 인간이 만들어낸 잔혹한 파괴의 태양.

'저, 저건?'

'이계구원자의 무신기!'

'맙소사! 소문이 사실이었단 말인가!?'

그것이 끝이 아니었다. 또 하나의 황금빛 태양이 떠올랐다.

그리고 또 하나, 또 하나, 또 하나…….

다섯 개의 무극천광이 푸른 하늘을 찬란히 빛낸다.

가주들의 안색이 새파랗게 질렸다. 저 다섯 태양이 동시에 떨어진다면 그 참상이 어느 정도일지 상상조차 하고 싶지 않았다.

"강한 자만이 관대할 수 있고, 여유로운 자만이 자비로울 수 있는 법."

담담한 릴스타인의 음성이 이어졌다.

"패자에 대한 보복 따윈 없을 것이다. 전투가 끝나면 더 이상 피를 흘리지도 않을 것이다. 그러니 속이 풀릴 때까지 마음껏 저항해도 좋다. 패전의 책임을 지는 것은 그대들로 국한

될 뿐, 시민들에겐 어떤 죄도 묻지 않겠다."

마지막 말이 일곱 가주의 마음을 확실히 꺾었다. 그러니까 자신들은 확실하게 죽이겠다는 소리잖아?

결국 카곤 시티는 싸워보지도 않고 맥없이 성문을 열었다.

∗　　　∗　　　∗

카곤 시티가 점령된 지 5일 후.

릴스타인은 이나시우스 교국 수도 리자테리움 중앙에 위치한 검은 탑에 서 있었다.

카렌의 궁성이었던 밤의 눈동자, 그 알현장을 둘러보며 가볍게 손을 움켜쥔다.

"여왕의 의자 역시 필요 없다."

카렌의 검은 옥좌가 산산이 부서져 파편을 날린다. 그 광경을 지켜보던 흑발의 미녀가 울상을 지었다.

"아아……."

그녀를 돌아보며 릴스타인은 빙그레 웃었다.

"오랜만이군, 시디아."

그녀와는 예전부터 안면이 있었다. 카렌과 상당히 닮았다며 신기해한 기억도 있다.

그런데도 그녀가 카렌의 대리 역할을 하고 있을 줄은 미처 몰랐다. 그런 보고는 전혀 들어오지 않았으니까.

"교국 쪽 첩자들은 싹 다 해고해야겠군. 이 중요한 사실을 몇 년 동안이나 파악 못 하다니."

시디아는 아무 대꾸도 하지 않았다. 그저 증오스러운 눈으로 릴스타인을 노려볼 뿐이었다.

릴스타인이 가볍게 손을 내저었다.

"가짜가 일국을 대표할 자격은 없겠지."

시디아가 물러가고 대신 검은 법복을 걸친 노인이 앞으로 나섰다.

크론 리자테의 성직자, 프린 타리오스였다. 카렌을 제외하면 달의 신전 내 최고위 프린이기도 하다.

"프린 타리오스."

"예, 릴스타인 폐하."

한숨을 쉬며 타리오스가 정해진 절차를 행했다.

무릎을 꿇고, 여왕의 홀과 여신의 성물을 동시에 릴스타인에게 바친다.

"이나시우스 교국과 달의 신전을 대표해, 폐하께 영원한 충성을 맹세합니다."

모인 이들, 카렌의 충성스러운 신하들과 달의 신전 프린들이 눈물을 흘리기 시작했다. 하지만 감히 눈앞의 릴스타인에게 덤벼드는 이들은 없었다.

릴스타인의 등 뒤에 서 있는 5인의 기사들, 하나같이 이계 구원자에 필적하는 힘을 지닌 무신급 소드하이어들!

릴스타인 자신의 능력도 마신이라 불리기에 충분한데, 무려 5인의 무신이 그를 철저히 호위하고 있다. 이 상황에서 누가 감히 저 폭군의 터럭 하나 건드릴 수 있을까?

"그대들의 충성을 받아들이겠다."

통쾌하게 웃으며 릴스타인은 여왕의 홀과 여신의 성물을 거두었다.

이나시우스 교국의 멸망이었다.

*   *   *

여왕의 개인실을 차지한 뒤, 릴스타인이 잠시 휴식을 취하고 있을 때였다.

한 노인이 그를 찾아왔다. 이나시우스 교국의 항복 의식을 주재한 프린 타리오스였다.

타리오스가 한탄하며 물었다.

"정녕 이렇게 하셔야 합니까?"

릴스타인이 충성의 맹세를 요구한 것은 이나시우스 교국뿐만이 아니었다.

오랜 역사를 지닌 일월성신의 교단에게도 충성을 강요한 것이다. 이미 별의 성지는 릴스타인에게 넘어간 지 오래고, 이제 달의 신전마저 그에게 굴복하게 되었다.

남은 곳은 테오란트 왕국에 본산이 있는 태양의 교단뿐.

실로 신조차 두려워하지 않는 무도한 행위였다.

"저 간악한 루스클란 제국조차도 일월성신의 교단은 존중했습니다, 폐하. 어찌 어리석은 폭군이 되려 하십니까?"

노인의 말에 릴스타인이 피식 웃었다.

"물론 짐도 그들의 행적을 따르려면 따를 수는 있겠지."

어차피 제국 시절 일월성신의 교단이 철저히 독립적이었던 것도 아니다. 명분상으론 독립된 상태지만 실제론 분명 제국에 귀속되어 있었다.

"그래, 눈 가리고 아웅 정도는 짐도 하려면 할 수는 있다."

릴스타인이 콧방귀를 켰다.

"그런데 짐이 왜 그런 짓을 해야 하지?"

지금의 그는 초대 루스클란 대제와 비견될 만한 존재, 무엇이든 뜻하는 대로 밀어붙일 수 있는 절대자였다.

"그 사실은 인정합니다. 분명 사람들의 분노 따윈 지금의 폐하껜 한 줌의 가치도 없겠지요."

타리오스의 두 눈이 분노로 빛났다.

"하지만 여신의 진노마저 두려워하지 않는 것은 어리석은 행위일 터입니다."

릴스타인은 '보이지도 않는 신의 진노 따윌 두려워할 내가 아니다' 따위의 대답은 하지 않았다.

오히려 허심탄회하게 인정했다.

"신의 진노라. 그건 확실히 두렵지."

진심이었다. 릴스타인만큼 초월적인 존재, 항거할 수 없는 운명에 대해 두려워한 사람도 별로 없으리라.

그래서 여기까지 온 것이니까.

"참으로 다행 아닌가? 신의 진노를 두려워하지 않을 수 있게 되어서 말이야."

타리오스는 질린 표정을 지었다.

상대가 평범한 폭군이었다면 오만에 빠져 어리석게 굴고 있다며 질타했을 것이다. 물론 그 대가는 자신의 목숨이었을 것이고.

릴스타인은 그런 류가 아니었다.

냉정하게 계산해서, 이 정도면 신의 개입이라든가 운명의 폭거에도 충분히 대항할 수 있다는 결론을 내린 것이다.

노인이 한숨을 내쉬었다.

"전 도무지 폐하를 이해할 수 없겠군요. 아니, 저뿐만이 아니라 다른 사람들 역시……."

순간 릴스타인의 안색이 미세하게 변했다.

"알고 있다."

너무나 미세해 알아보기 힘들지만, 묘하게 우울한 듯한 표정.

"짐은 이해받기 힘든 존재지. 아쉽게도 그렇게 태어나 버렸으니 말이야."

그가 손을 내저었다.

"더 이상 말을 섞지 않겠다. 나가도록."

축객령을 내린 후 릴스타인은 다시 혼자가 되었다. 문득 그가 벽에 걸린 테라노어 전도를 바라보았다.

사파란 왕국, 이나시우스 교국이 지워진 지도였다. 드넓은 그의 영토가 'ㄴ' 자 형태로 대륙을 가로지르고 있었다.

그 사이에 낀, 산지로 이루어진 또 하나의 왕국.

그곳을 바라보며 릴스타인은 고개를 끄덕였다.

"자, 이제 시한 녀석의 본거지 차례인가?"

*　　　　*　　　　*

이나시우스 교국을 정리한 뒤에도 릴스타인은 바로 북쪽으로 진군하지 않았다. 그 전에 잠깐 들를 곳이 있었다.

아브란젤 고원의 흑색 상아탑이 그 목적지였다.

상아탑 최상층, 현 상아탑주인 흑색의 이데알룬이 허탈한 표정으로 양손을 내민다.

"도전 의식에 패했음을 인정합니다."

그의 손엔 묵빛이 감도는 지팡이, 탑주의 증거인 흑색의 로드가 들려 있었다. 릴스타인이 로드를 받아 들며 어깨를 으쓱였다.

"별로 억울할 건 없겠지? 어차피 원주인에게 돌아가는 것이니까."

릴스타인 뒤에 서 있던 50대의 여인이 앞으로 나왔다.

"마기언 브륜딜, 흑색의 이름은 다시 그대의 것이다."

흑색의 로드를 받아 들며 브륜딜이 우아하게 고개를 숙였다.

"감사합니다, 릴스타인 폐하."

브륜딜 곁에 청색의 로브를 걸친 또 한 명의 늙은 마기언이 있었다. 과거 청색 상아탑주였던 트란덴이었다.

한때 성시한과 바락에 의해 탑주 자리를 뺏기고 밤의 눈동자에 유폐되었던 두 사람이었다. 릴스타인이 교국을 지배하게 되며 다시 풀려난 것이다.

트란덴이 초조한 듯 물었다.

"청색 상아탑은 언제 수복하실 생각이십니까, 폐하?"

브륜딜이 자신의 지위를 돌려받는 걸 보니 조급해진 모양이다. 미소를 띠며 릴스타인이 대꾸했다.

"그리 멀지 않을 것이다. 참고 기다려라."

어차피 다음 목적지는 라텐베르크 왕국이었다.

*   *   *

라텐베르크 왕국 남부의 국경 요새, 트라일가드.

험준한 산맥의 요충지에 세워진 요새 성벽 위에서 왕국 총사령관 하이어 줄데란은 굳은 얼굴로 눈앞의 광경을 바라보았다.

총 2만에 육박하는 대군이 요새를 포위하고 있었다. 수많은 초인급과 무신급 소드하이어를 보유한 마신의 군세였다.

'이길 가능성은 전혀 없겠지……'

검을 움켜쥐며 줄데란은 암담해했다. 친하의 이계구원자와 불사의 마녀조차 당해내지 못한 저 마신의 군세를 자신들이 상대할 수 있을 리 없었다.

'하지만 싸워보지도 않고 항복할 순 없다!'

공포에 떠는 흑사자 기사단과 3천의 요새병들 앞에 서서 줄데란이 일장 연설을 펼쳤다.

"라텐베르크의 병사들이여! 우리의 긍지를 보여라! 우리가 결코 짓밟히기만 할 뿐인 존재가 아니라는 걸 증명해라! 그것이 후손에게 남길 수 있는 유일한 유산일 것이다!"

우렁찬 함성이 이어졌다.

"으아아아!"

함성이라기보단 차라리 절규나 현실도피에 가까운 외침이었다. 그 모습을 지켜보며 줄데란과 흑사자 기사단은 애써 마음을 다잡았다.

패배는 각오했다.

죽음도 각오했다.

기필코 기사의 명예와 긍지만은 지킬 것이다!

하지만 전투가 시작된 지 채 십여 분도 지나지 않아, 줄데란은 자신이 심각한 착각을 했다는 사실을 깨달았다.

세상에는 그 어떤 긍지나 명예도 가볍게 짓눌러 버릴 압도적인 공포가 실존하고 있었다.

허공 가득 황금의 광검들이 휘몰아친다. 이계구원자의 무신기, 십이지검. 그것을 다섯 명이 동시에 펼치니 자그마치 60자루나 되는 파괴의 빛이 하늘을 가득 메운다.

그 뒤를 장악한 것은 릴스타인이 전개한 거대한 파괴의 먹구름, 절멸의 하늘.

애당초 저항조차 불가능할 정도로 압도적인 격차였다.

"배, 백기를 올려라!"

줄데란과 흑사자 기사단이 전의를 상실하는 데는 고작 30분이면 충분했다.

그리고 사흘 뒤, 릴스타인은 수도 라텐셀의 궁성에서 아인츠 1세의 항복 선언을 받고 있었다.

*   *   *

"릴스타인 폐하께 영원한 충성을 맹세합니다."

왕관을 건네며 아인츠 1세는 굴욕적인 표정을 지었다. 아직 젊은 그에게 이 상황은 실로 견디기 어려운 치욕일 것이다.

반면 릴스타인은 눈앞의 아인츠에게 별 관심도 없었다. 충성 맹세도 받는 둥 마는 둥이었다.

그럴 법한 것이, 전통 깊은 달의 교단이나 같은 2강에 속했던 이나시우스 교국 같은 경우는 복종시키는 것이 충분히 의미가 있었다. 하지만 아인츠 따위의 애송이가 어디 눈에나 들어올까?

항복 의식 따위 번갯불에 콩 구워 먹듯 후다닥 끝내 버린 뒤 진짜 중요한 사항부터 물었다.

"이곳 지하라고 했지?"

성시한에게 제압당한 크림슨 나이츠 40여 명이 현재 라텐셀 왕궁 지하에 봉인되어 있는 것이다.

대체 무슨 수를 쓴 건지 한시바삐 확인하고 싶다.

"어서 안내하라!"

독촉하는 릴스타인의 두 눈이 초롱초롱 빛났다. 전쟁에 승리하고, 타국을 점령해 영토를 늘릴 때보다 오히려 더 흥분한 표정이었다.

왕으로 군림하는 것 역시 분명 즐거운 일이긴 하지만, 역시 새로운 마법의 단초를 잡는 것에 비하면 하찮은 도락일 뿐인 것이다.

젝센가드 시절부터 충실히 왕실을 보좌해 온 늙은 시종장은 한숨을 쉬며 고개를 숙였다.

"이쪽입니다, 릴스타인 폐하."

*　　　*　　　*

아치형 기둥이 줄지어 서 있는 어두운 지하실이었다.

각 기둥마다 화톳불이 걸려 주위를 밝힌다. 불빛 아래로 수많은 수정관이 비친다. 붉은 갑옷을 입은 기사들을 담아둔 수정관들이다.

그 앞에 서서 릴스타인은 사념파를 발했다.

[일어나라, 나의 노예들아!]

40여 개의 수정관이 폭음을 터뜨리며 일제히 깨졌다.

콰아앙!

흩날리는 수정 파편 사이로 수십 명의 적색 기사들이 우뚝 섰다. 아무리 알리타의 피로 봉인했다지만, 역시 릴스타인이 직접 나서니 막을 수 없었다.

되찾은 크림슨 나이츠 사이를 천천히 오가며 유심히 살필 때였다.

기사들의 갑옷에 묻는 검붉은 얼룩이 그의 눈에 띄었다. 말라붙은 핏자국이었다.

"이게 그건가?"

릴스타인은 가볍게 손짓을 했다. 핏자국이 저절로 떨어져 가루가 되며 그의 손으로 모였다.

그 상태로 정신을 집중한다. 오른팔의 문신이 희미한 빛을 발한다.

"과연……."

잠시 후 릴스타인이 미소를 머금었다.

무슨 수로 지배의 홀이 내리는 명령을 차단했는지 파악했다. 그리고 그 대책도 바로 찾았다.

"내 피를 이용해 새로운 지배용 마도구를 만들면 되겠군."

루스클란의 피를 이용해 혼선을 주었으니, 더 강력한 촉매를 사용해 마법의 위력을 높이면 해결될 일이었다.

하지만 이건 어디까지나 눈앞의 대책에만 급급한 결론이었다. 어째서 이런 일이 벌어진 것인지에 대한 근본적인 해답은 되지 못했다.

루스클란의 후예, 알리타라 불린 그 소녀에겐 아직도 풀리지 않은 비밀이 많이 남아 있다.

그녀의 피가 릴스타인의 마법에 혼선을 주는 진짜 이유.

그리고 그 엄청난 위력의 이계소환술.

이것까지 해명하려면 이 장소에선 무리다. 시설도 준비도 너무 미흡하다.

차후 적색 상아탑으로 돌아가 본격적으로 연구한 후에야 가능한 일이었다.

"일단 샘플은 챙겨야지."

릴스타인은 허공에 크게 손을 휘저었다. 40여 명의 기사에게 묻어 있던 검붉은 핏자국, 그것들이 모조리 가루가 되어 그의 손에 모였다.

손아귀 속에서 회오리치는 검붉은 가루를 응시하며 그는 생각에 잠겼다.

일단 한 가지는 확실하다.

"그 소녀가 현재 테라노어에 남은 가장 강력한 루스클란 혈족이군."

하지만 그 사실만으론 여태 일어난 사건들이 해명되지 않는다.

'또 다른 가설이 뒷받침되어 주지 않는다면 말이지.'

심각한 얼굴로 릴스타인이 중얼거렸다.

"그렇다는 건… '루스클란의 유산'이 그 아이도 제국의 진정한 후계자로 인식할 수 있다는 의미인가?"

＊　　　＊　　　＊

제압당한 크림슨 나이츠에 대한 비밀을 푸는 것 외에도, 릴스타인에겐 중요한 일이 남아 있었다.

그동안 성시한을 보좌하며 온갖 계책으로 자신을 괴롭혔던 정체불명의 조언자를 드디어 확인하게 된 것이다.

'시한이나 카렌의 성격으로 그런 생각을 떠올릴 수 있을 리 없으니 그간의 기책들은 필경 그자의 짓일 터.'

그의 계책으로 인해 몇 번이나 뒤통수를 맞았다. 그럼에도 분노보단 감탄이 먼저 나왔다. 릴스타인 자신조차도 몇 번이나 탄복케 했던 지혜로운 이였다.

또한, 빈국 중의 빈국이었던 라텐베르크 왕국을 재건하고 다른 나라와 연계하는 복잡한 실무 과정마저 훌륭히 행한 자이기도 했다.

참모로서도 실무자로서도 매우 유능하다.

실로 놓치기 아까운 인재인 것이다.

'이제 곧 하이어 엔다윈이 그자를 데리고 오겠군.'

살짝 들뜬 기분마저 느끼며 릴스타인은 느긋하게 기다렸다.

이윽고 집무실 문이 열리고 노기사와 염소수염의 중년 사내가 방으로 들어섰다. 릴스타인을 보자마자 중년 사내가 넙죽 바닥에 엎드렸다.

"위대한 혁명의 영웅이자 진정한 테라노어의 지배자이신 릴스타인 폐하를 알현하옵니다!"

릴스타인의 인상이 살짝 찡그러졌다. 실로 비굴한 태도였다.

뭐, 딱히 놀랄 것은 없다. 원래 그런 작자인 것이다.

비록 지금은 용케 줄을 잘 탔는지 라텐베르크 호국공이니 창천재상이니 하는 허명을 얻은 모양이지만, 그래봤자 본성이 어디 가는 건 아니겠지.

"흐음……."

중년 사내를 무시하며 릴스타인은 하이어 엔다윈을 돌아보았다.

"그런데 그자는? 설마 놓치기라도 한 건가? 분명히 확보했다는 보고를 받았는데?"

대체 어찌 설명해야 할지 난감해하며 엔다윈은 머뭇거렸다.

"…그게……."

그리고 엎드려 있는 중년 사내를 손가락질했다.

"이자입니다."

"응?"

"그러니까, 폐하가 찾던 자가 바로 이자입니다."

"짐은 분명 시한의 진짜 참모를 데려오라고 했거늘?"

릴스타인의 눈가가 치켜 올라갔다. 이까짓 허수아비를 데리고 와서 대체 무슨 소릴 하는 건가?

엔다윈은 쓴웃음을 지었다. 릴스타인의 심정이 손에 잡힐 듯 느껴졌다.

그 역시 똑같은 기분을 느낀 것이다. 이 중년 사내가 십 년 전 누렸던 명성(?)은 엔다윈 역시 잘 알고 있었으니까.

"몇 번이나 확인했습니다, 폐하. 저도 믿기지 않지만……."

사내는 사시나무처럼 바들바들 떨며 차마 고개도 들지 못하고 있었다. 그 모습을 보니 더더욱 자신이 없어지지만…….

"모든 증거가 확실합니다. 의심할 여지가 없습니다."

나직한 목소리로 엔다윈은 단언했다.

"이자가 시한 님의 진짜 참모이자 우리가 찾던 라텐베르크의 흑막, 어둠의 현자입니다."

"그, 그렇지만 이건……."

평소답지 않게 말마저 더듬으며 릴스타인은 엎드린 중년 사내를 내려다보았다.

그는 어지간히 멍청한 간신배라도 차마 지껄이지 않을, 현 상황에 맞지 않는 저열한 아부를 이어가고 있었다.

"목숨만 살려주시면 견마지로를 다하겠나이다! 릴스타인 폐하, 만만세!"

릴스타인이 멍하니 중얼거렸다.

"…그냥 켈테론이잖아?"

라텐베르크 호국공이자 창천재상이란 이명(異名)을 얻은 성시한의 최측근, 간교한 뱀의 지혜로 그동안 릴스타인을 그토록 괴롭혔던 어둠의 현자.

그가 바닥에 바짝 엎드려 처절하게 울부짖는다.

"제발 살려주십시오. 늙은 노모와 어린 아이들이 저 하나만을 믿고 있습니다. 제가 죽으면 그 아이들은 고아가 될 것이며, 길바닥에 나앉을 것이며, 굶주린 배를 움켜쥐고 동냥질에 나서야 할 것이며……."

릴스타인은 침묵했다. 대체 무슨 말을 꺼내야 할지 짐작이 가질 않았다.

"……."

저 꼬락서니는 무엇이며, 현 상황과 전혀 어울리지 않는 저 멍청한 넋두리는 또 뭔가?

심지어, 릴스타인은 모르고 있었지만 켈테론의 저 넋두리는 과거 시한 앞에서 떠들어댔던 내용과 거의 같았다. 새로운 걸 생각해 낼 정도의 머리조차도 돌지 않는 것이다.

"부디 살려주시면 릴스타인 폐하의 충실한 종이 되겠나이다!"

한참 후에야 릴스타인이 입을 열었다.

"그대는 여전하군, 켈테론."

참 한결같다. 십 년 전이나 지금이나 똑같다.

제 목숨 위험해지면 한없이 바보가 되는 '현자의 육체와 야수의 두뇌를 지닌 초인'.

그야말로 약자의 표본이나 다름없는, 릴스타인이 가장 경멸하는 천한 성품을 지닌 자인 것이다.

그런데 이자가 그토록 자신을 괴롭혀 왔던 어둠의 현자라고? 제 목숨이 위험하지 않다면 그런 놀라운 지혜를 발휘하게 된단 말인가?

'믿어지지 않는데.'

릴스타인이 손짓을 했다.

"고개를 들어라."

켈테론이 슬쩍 고개를 들었다. 하지만 여전히 릴스타인을 똑바로 바라보진 못했다.

한없이 비굴한 모습으로 애원하고 또 애원할 뿐이다.

"제, 제발 목숨만은⋯⋯."

보고 있자니 짜증이 난다.

하지만 짜증보다 원인을 규명하고자 하는 마기언의 욕망이 더 강했다. 그래서 릴스타인은 일단 참고 켈테론을 진정시켰다.

"죽이지 않는다."

여전히 켈테론은 떨고 있었다. 아무래도 이 정도론 좀 약한 모양이었다.

왕의 권위를 담아, 릴스타인이 확실하게 말했다.

"국왕과 플로어 마스터의 이름을 걸고 약속한다. 이 자리에서 그대가 죽는 일은 없을 것이다."

그러니까 진정하고 말 좀 하라고. 도무지 상황이 어떻게 된 건지 모르겠으니까 말이야.

"아……."

그제야 켈테론의 떨림이 가라앉았다. 그가 슬쩍 릴스타인을 바라보며 몸을 일으켰다.

공포가 사라지며 눈동자에 이지가 돌아왔다. 켈테론이 손을 비비며 천박하게 웃었다.

"헤헤, 오랜만에 뵙습니다요, 릴스타인 폐하."

"가식은 필요 없다."

릴스타인이 손을 내저었다.

"눈이 전혀 웃고 있지 않아. 짐은 그 정도도 못 알아보지는 않는다."

"용서를……."

켈테론도 미소를 거뒀다. 진지한 표정으로 그가 고개를 숙였다.

"원하는 것을 하명하소서. 따르겠나이다."

이제야 좀 이야기를 나눌 분위기가 된 것 같다.

릴스타인이 물었다.

"어떻게 시한 밑으로 가게 된 거지?"

*　　　*　　　*

지룡 토벌 사건부터 시작해, 켈테론은 시한과의 만남을 차분히 설명했다.

어떻게 젝센가드를 몰아내는 데 힘을 보탰으며 이후 어떤 식으로 성시한을 보좌했는지 차근차근 입에 담는다.

이야기를 들으며 릴스타인은 그간 수집했던 시한의 정보와 켈테론의 말을 맞춰보았다.

모순은 없었다. 숨김없이 전부 이야기한 듯했다.

"시한 님도 섬기기에 나쁜 주인은 아니었습니다만……."

릴스타인의 눈치를 보며 켈테론이 넙죽 머리를 조아렸다.

"릴스타인 폐하와 비교하면 태양 앞의 반딧불일 뿐입지요! 허락하신다면 열과 성을 다해 폐하를 보필하겠습니다요!"

릴스타인은 차가운 눈으로 그 모습을 바라보고 있었다.

'어둠의 현자'가 탐났던 건 사실이지만, 그 정체가 켈테론이란 걸 알고 나니 급격히 기대감이 낮아졌달까?

비웃음을 띤 채 그가 물었다.

"손바닥 뒤집듯이 주군을 바꾸는 자를 내가 신뢰해야 할 이유가 있을까?"

켈테론이 재빨리 말을 이었다.

"어차피 제가 시한 님을 따른 것은 목숨을 위협받았기 때문이었습니다."

이미 첫 만남 때 성시한이 자신에게 폭살기를 걸었다는 사실은 전부 토로했다.

"폭살기 때문에 감히 거역할 수 없었을 뿐입니다. 이제 진정한 주인을 만났으니 어찌 과거에 연연하오리까?"

"그렇다면 그대에겐 아직 폭살기가 깃들어 있다는 의미로군. 내가 언제 터질지 모르는 폭탄을 안고 있어야 할 이유는?"

"그, 그건……."

청산유수였던 켈테론의 말문이 잠시 막혔다. 하지만 이내 다시 터져 나왔다.

"남들 몰래 써주시면 안 되겠습니까? 저, 골방에 처박혀서 서류 작업만 하라 해도 잘하는뎁쇼, 헤헤."

그 모습을 보며 릴스타인은 피식 웃었다.

어쨌든 보고 있자니 재미있는 친구이긴 했다. 단지 믿을 수가 없으니 중책을 맡길 순 없겠지만.

그는 손을 저었다.

"상관없다. 어차피 폭살기 따윈 실제로는 존재하지도 않는 투기술이니까."

켈테론이 눈을 휘둥그레 떴다.

"…예?"

릴스타인은 폭살기의 실체에 대해 설명해 주었다. 진실을 듣게 된 켈테론의 안색이 급격히 굳었다. 이제껏 보였던 가식적인 표정이 아니라, 진심으로 충격받은 얼굴이었다.

의아해하며 릴스타인이 고개를 갸웃거렸다.

"왜 그런 표정을 하는가? 잘된 것 아닌가? 이계구원자의 분노를 받아 급사할 일은 없다는 의미인데."

"……."

여전히 켈테론은 한참이나 말이 없었다. 지겨워진 릴스타인이 막 축객령을 내리려 할 때였다.

켈테론이 침울한 목소리로 입을 열었다.

"죄송합니다, 폐하께 숨긴 사실이 있습니다."

"음?"

"사실 저는 폭살기에 걸려 있지 않습니다. 시한 님께서 저를 믿는다고, 완전히 신뢰한다고 하시면서 차후에 폭살기를 거두어주셨거든요. 물론 허튼짓하면 도로 폭살기 걸어버릴 테니 너무 막 나가진 말라고 하셨지만……."

도저히 믿기지 않는다는 표정으로 염소수염의 사내가 질문을 던진다.

"그런데 폭살기 자체가 존재하지 않는다고요?!"

의심 가득한 그의 태도에 릴스타인이 코웃음을 쳤다.

"내가 그대를 속여야 할 이유가 있나?"

힘없이 켈테론이 고개를 저었다.

"없겠지요……."

"뭐, 그 친구가 당한 일을 생각하면, 사람 못 믿는다고 뭐라할 순 없겠지만 말이지."

중얼거리다 말고 릴스타인은 실소했다. 지금 자신이 성시한을 변호해 줄 입장은 아니잖아?

"하지만 시한 님은 분명 저를 완전히 믿는다고 하셨는데……."

켈테론은 여전히 충격에서 벗어나지 못하고 있었다.

"그런 일을 겪고도, 신뢰할 수 있는 사람을 다시 만날 수 있어 진심으로 기쁘다고까지 말씀해 주셨는데……."

시시각각으로 안색이 변한다. 표정 가득 허무함과 허탈함이 공존한다.

그 기틀에는 실로 어두운 감정이 지배하고 있었다.

깊은 배신감.

갑자기 켈테론이 의관을 정돈했다. 그리고 가슴에 손을 올린 채 정중히 예를 갖춰 허리를 숙였다. 조금 전 살려달라며 울부짖을 때와는 전혀 다른 태도였다.

"릴스타인 폐하께 충성을 맹세하겠습니다, 부디 거두어주소서."

몇 번이나 떠들어댔던 말의 반복이었다. 하지만 이제껏 한 번도 보이지 않았던 모습이기도 했다.

이제까지와는 전혀 다르다.

바로 지금, 켈테론의 마음이 진짜로 돌아섰다.

"좋다."

릴스타인은 비로소 웃었다.

"그대가 진정 내가 찾던 어둠의 현자라면 마다할 이유는 없지."

＊　　　　＊　　　　＊

라텐베르크 왕국마저 제압했으니 이제 두 나라만 남았다.

에란트 1세가 다스리는 테오란트 왕국과 하이어 네포스가 섭정으로 있는 아칸트리아 자치령.

릴스타인은 우선 아칸트리아 자치령에 사신을 보내 항복을 종용했다.

굳이 군대를 움직일 필요는 없었다. 아칸트리아 자치령은 릴스타인에게 무릎 꿇을 충분한 이유가 있었으니까.

과거 팔로스 왕국이었던 아칸트리아 자치령은 다른 나라와 사정이 다르다.

팔로스 왕국의 여왕이었던 레비나는 릴스타인의 왕비이기도 했으며, 따로 후계자를 남기지도 않았다. 여왕의 남편인 릴스타인은 틀림없는 팔로스 왕국의 계승자였다.

반면 이계구원자 성시한은 레비나를 죽이고—일단 그렇게 알려져 있으니까—나라를 빼앗은 자.

십 년 전의 진실이야 어찌 되었든 명분은 릴스타인에게 있었다.

상식적으로 봐도, 여왕을 죽인 사내를 위해서 여왕의 신하들이 여왕의 남편과 목숨 걸고 대적하는 상황은 충분히 이상하다. 기사도와 귀족의 명예에 입각해 봐도 문제가 없다.

릴스타인은 비밀리에 사람을 풀어 반(反)시한파에 힘을 주었다. 과거 루스클란 제국의 육호장 가문이었던 트리아스트와 카니반이 그 주축이었다.

부자는 망해도 삼대는 간다고, 성시한에 의해 풍비박산 났음에도 두 가문은 용케 명맥을 유지하고 있었다. 쥐 죽은 듯이 숨어 살다가 기회가 오자 바로 움직였다.

그들은 왕성을 습격한 뒤 갇혀 있던 퀸즈 나이츠를 구출해 단숨에 몰아쳤다. 혼란 속에서 대부분의 친(親)시한파가 죽음을 당했다.

네포스와 몇몇 심복만이 간신히 도주해 주둔 중이던 성시한의 군세에 합류했지만, 이미 승패는 기울어진 후였다.

아칸트리아 자치령에 남겨두었던 성시한의 군대는 퀸즈 나이츠를 앞세운 반시한파의 군세를 막아낼 수 없었다. 접전 끝에 결국 석패(惜敗), 많은 희생자를 남긴 채 동부의 황무지 너머로 도망쳐 몸을 숨겼다.

모든 상황이 끝나고 아칸트리아의 사신단이 릴스타인을 찾았다.

트리아스트와 카니반의 새로운 가주들, 그리고 퀸즈 나이츠를 대표하는 하이어 루카스였다. 기사급의 경지에 머무르고 있는 루카스였지만, 그럼에도 그가 남은 퀸즈 나이츠 중에선 제일 강하고 서열이 높았다.

두 가주가 릴스타인 앞에 머리를 조아리며 군왕의 예를 올렸다.

"대륙의 지배자, 진정한 세계의 황제이신 릴스타인 폐하를 알현하옵니다!"

"부디 거두어주소서!"

무릎 꿇은 채 두 가주는 내심 긴장과 기대를 교차했다.

이들은 사파란 왕국에 자리 잡았던 같은 루스클란 육호장 출신의 센트레인 가문을 릴스타인이 얼마나 가혹하게 대했는지 알고 있었다.

하지만 지금은 상황이 다르다.

'아무리 릴스타인이라 해도…….'

'공과 과는 분명히 나누는 성격이었지.'

'팔로스 왕국을 되찾은 공이 있으니…….'

'상을 주진 않아도, 벌을 내리진 않을 터.'

현재의 공으로 과거의 죄를 사하기만 해도 두 가문에겐 남는 장사였다. 그러나 두 가주의 기대는 이내 빗나갔다.

그들을 내려다보는 릴스타인의 눈빛은 실로 차가웠다.

"더러운 제국의 개들을 용납할 생각은 없다."

엡실론이 움직여 바로 두 가주의 목을 날려 버렸다.

신하들은 놀랐다. 정식으로 재판을 진행하지도 않고, 알현장에서 바로 처형해 버린 것이다. 예전의 릴스타인이라면 하지 않을 짓이었다.

하지만 릴스타인은 태연했다.

"마음에 안 드는 것들이 주변에서 얼쩡거리는 일은 질색이야."

굴러다니는 머리통 두 개를 보며 그는 피식 웃었다.

'그러고 보니 젝센가드처럼 구는 것도 의외로 나쁜 기분이 아니군.'

다른 점이 있다면, 젝센가드는 뒷생각 안 하고 마음 내키는 대로 굴었지만, 그는 뒷생각을 해도 마음 내키는 대로 굴 수 있었다.

자신의 힘에 만족하며 릴스타인이 퀸즈 나이츠의 대표, 루카스를 바라보았다.

"구면이군, 하이어 루카스."

"예전에 한번 뵈었었지요, 릴스타인 폐하."

레비나가 릴스타인과 결혼할 때, 그녀와 함께 릴스타인 왕국을 찾아왔던 이였다.

'어차피 다 똑같은 놈들이라면 그래도 안면이 있는 쪽이 낫겠지?'

루카스가 구(舊)팔로스 왕국을 대표해 정식으로 충성을 맹세했다. 또한 퀸즈 나이츠도 새로운 이름을 받았다.

"죽은 레비나 왕비를 기리는 의미에서, 그대들을 은형기사단이라 부르겠다."

은형기사단은 모조리 릴스타인 휘하로 편입되었다. 포로로 붙잡혀 있던 하이어 베르패스가 풀려나 은형기사단의 새 단장이 되었다.

물론 베르패스도 처음에는 거절하려 했다.

"전 은퇴할 생각입니다, 릴스타인 폐하."

하지만 릴스타인은 단호했다.

"그대가 죽인 나의 기사와 병사들의 수만큼, 나의 적을 죽인 후에야 윤허하겠다."

"그렇게 말씀하시니 할 말이 없군요."

성시한에게 딱히 악감정은 없는 베르패스였지만, 그렇다고 릴스타인에게 악감정이 있는 것도 아니다. 그가 시한을 도운 이유는 그저 붙잡힌 부하들의 목숨을 살리기 위해서였을 뿐이니 릴스타인 밑으로 가는 것에도 큰 거부감은 없었다.

사실 기사도에 입각하면 이쪽이 명분상 더 합당하긴 하다. 죽은 주군의 남편을 섬기는 것이니 굳이 새로 충성 서약을 할 필요도 없다.

그렇게 릴스타인은 구팔로스 왕국을 통째로 점령하고 강력한 새 기사단과 믿음직한 초인급 소드하이어 한 명을 얻었다. 군대 한번 일으키지 않고 그저 서신 몇 장과 첩자 몇 명으로만 이루어낸 쾌거였다.

이에 릴스타인은 이 모든 계획의 기안자를 크게 칭찬했다.

"훌륭하다, 켈테론. 정말 자네는 뒷공작을 잘하는군."

릴스타인의 새 서기관, 켈테론 후작이 비실비실 웃으며 대꾸했다.

"별것 아닙니다. 모든 것이 폐하의 권위가 테라노어 전체를 뒤덮었기에 가능한 일 아니겠습니까? 전 그저 불필요한 절차를 좀 줄였을 뿐입니다요."

"아니, 정말 덕분에 많이 편해진 게 사실이야."

켈테론의 진심을 본 릴스타인은 그를 자신의 개인 서기관으로 임명했다. 대뜸 높은 자리를 줄 만큼 사람을 잘 믿는 성격은 아니었던 것이다.

일단 권력은 주지 않고 곁에 두며 의견을 묻는 한편 자질구레한 실무를 대행시켰다.

몇 번 써먹어보니 실로 만족스러웠다.

켈테론은 그저 불필요한 절차를 좀 줄였을 뿐이라고 했지만—그리고 그것이 사실이기도 했지만—그 자체가 바로 릴스타인에게 가장 필요한 인재의 능력 중 하나였다. 덕분에 한결 여유가 생겼으니까.

'시한 녀석, 운이 좋았군. 용케 이런 자를 건졌어.'

예전엔 그저 젝센가드 밑에서 나라를 어지럽히는 간신 중 하나라고만 여겼다. 하지만 직접 써먹어보니 진가를 알겠다.

애초에 그토록 젝센가드 왕국이 엉망이었음에도 용케 굴러 갔던 것이 바로 켈테론 덕분이었다.

국왕에게 간언해 어지러운 나라를 정상으로 되돌리는 능력 따윈 없다. 하지만 어차피 피할 수 없는 일이라면, 망하지 않는 선을 지키며 나라를 어지럽히는 데는 실로 비상한 재주가 있다!

'희한한 재능이라니까?'

새삼 감탄하며 릴스타인은 지도를 바라보았다.

이로써 테라노어의 동부, 서부, 남부, 중부를 모조리 정복했다.

남은 곳은 북부, 테오란트 왕국뿐이다.

"테오란트 왕국도 굳이 군대를 일으킬 필요는 없을 겁니다. 에란트 1세는 말귀를 알아듣는 자이고, 상황을 볼 수 있는 안목도 충분히 지니고 있지요. 사신을 보내 항복을 권유하기만 해도 바로 백기를 들 겁니다."

의견을 내다 말고 문득 켈테론이 인상을 썼다.

"문제는 태양의 교단이로군요."

태양의 교단은 전통적으로 일월성신의 교단 중 가장 세력이 컸다. 그리고 본산인 래디언스 원은 테오란트 왕국에 위치해 있다.

"꽉 막힌 저 태양의 교단 노땅 프린들이 과연 싸워보지도 않고 항복한다는 선택을 할지 모르겠습니다."

자신의 개인 서기관을 바라보며 릴스타인은 피식 웃었다.

"문제라고?"

확실히 켈테론의 식견은 뛰어나다. 상황도 잘 파악하고 있다.

하지만 그럼에도 보지 못하는 부분이 있다.

"귀찮게 되느냐, 아나냐의 차이일 뿐."

하찮은 태양의 교단 따위가 저항을 하든 말든 무슨 상관인가?

"아무 문제도 없다."

켈테론의 예측대로였다.

테오란트 왕국은 쳐들어갈 필요도 없었다. 심지어 항복을 권유하기 위해 사신을 보낼 필요조차 없었다.

그 전에 에란트 1세가 먼저 릴스타인을 찾았다. 소수의 기사와 병사들만을 대동한 초라한 모습이었다.

왕도 라텐셀의 임시 집무실에서, 과거 혁명군의 전우들이 서로 다른 위치가 되어 조우했다.

"오랜만입니다, 릴스타인 님. 아니, 이젠 폐하라 불러야 할까요?"

항복하러 온 처지임에도 불구하고 에란트는 다른 이들과

태도가 달랐다.

묘하게 여유롭달까? 아니, 그보다는 자포자기해 버린 것에 더 가깝긴 하다.

릴스타인도 굳이 에란트에게까지 권위를 들이밀진 않았다. 십 년 전, 그가 챙겨준 군량으로 연명하던 건 릴스타인 역시 마찬가지였다.

"편할 대로 하게, 자네에겐 그 정도 자격은 있으니."

두 사람이 테이블에 마주 앉았다.

릴스타인이 먼저 입을 열었다.

"테오란트를 처리한 것이 사실은 시한이라면서? 형의 원수와 잘도 손을 잡고 있었군."

"그보다는 형님이 시한 님의 원수였다는 쪽이 더 옳겠지요."

"하긴, 둘이 사이가 별로 안 좋았지."

"사이가 좋고 나쁘고의 문제가 아닙니다. 누가 옳으냐 그르냐의 문제지."

"뭐, 그렇겠지."

납득한 듯 릴스타인이 고개를 끄덕였다. 그리고 문득 물었다.

"그래서 배신자이자 시한의 적인 내게 머리를 숙여도 되는 건가?"

"선택의 여지가 없잖습니까? 좋아서 이러는 건 아닙니다만?"

에란트가 콧방귀를 켰다.

"제가 일국의 왕이 아니었다면 바로 행방불명된 시한 님부터 찾았을 겁니다. 책임져야 할 입장이라 어쩔 수 없을 뿐."

"그대는 정말 십 년 전과 달라진 게 없군."

혀를 차며 릴스타인이 은근히 물었다.

"내 밑으로 들어오라 해도 받아들이지 않겠지?"

드센 에란트의 성품을 짐작한 것인데, 의외로 대답이 흔쾌히 나왔다.

"거부할 수 없다면 받아들여야겠지요."

아니나 다를까, 바로 태도를 바꿨지만.

"그 후에 그냥 손 놓고 놀 겁니다. 업무 태만으로 목을 치든지 말든지는 마음대로 하시고."

"그럴 거라 생각했지."

릴스타인은 고개를 저었다.

에란트도 탐나는 인재지만 켈테론을 얻은 시점에서 별로 크게 아쉽진 않다. 그렇다고 죽일 필요도 없다.

'살려두고 써먹을 용도가 있으니까.'

에란트가 대충 품을 뒤적거리더니 웬 서류 하나를 툭 던졌다.

"자, 받으십쇼. 테오란트 왕국입니다."

국왕의 직인이 찍힌 테오란트 왕국의 항복 문서였다. 서류를 챙기며 릴스타인이 물었다.

"이제 어쩔 셈인가?"

"어디 인적 드문 곳 가서 농사나 짓고 살렵니다."

허허로운 답변이었다. 릴스타인이 피식 웃었다.

"농사일을 너무 우습게 보는 것 아닌가? 평생 서류 작업만 하던 이가 갑자기 노동을 하면 좋은 꼴 못 볼 텐데?"

문득 에란트의 눈이 차가워졌다.

"잊으셨습니까? 십 년 전만 해도 우린 모두 농사꾼의 아들이었습니다."

릴스타인의 안색도 살짝 굳었다.

맞는 말이었다. 지금이야 플로어 마스터니 일국의 왕이니 세계의 지배자니 떠들고 있지만, 이들 모두 예전엔 천한 신분이었다.

"그걸 잊어버렸다면, 당신의 말로도 그리 좋진 않겠군요, 릴스타인 폐. 하."

마지막 칭호를 굳이 강조하며 에란트는 비아냥거렸다. 그러나 릴스타인은 신경 쓰지 않았다.

"슬프게도 잊지 못했지. 그래서 이렇게 사는 것 아닌가?"

고개를 저으며 에란트가 방을 나섰다. 방 안에 릴스타인 홀로 남았다.

문득 그가 기대하는 어조로 중얼거렸다.

"이제 태양의 꼰대들 차례로군. 그치들의 표정이 볼 만하겠는데?"

*　　　*　　　*

릴스타인으로부터 날아온 한 장의 서신, 그리고 그 서신에 적혀 있는 짧은 글귀.

조건 따위 듣지 않겠다. 무조건 복종하라.

미사여구 제외하고 축약해서 저런 내용이 아니다. 그냥 저 내용 그대로다.

최소한의 예우조차 보이지 않는 서신이었다.

태양의 교단은 이 무도한 행위에 크게 분노했다. 아무리 릴스타인이 절대적인 힘을 지녔다 해도 한낱 인간인 이상, 감히 위대한 신을 섬기는 자신들에게 이럴 수는 없는 것이다.

교황, 프린 테라우드가 흥분하며 선언했다.

"어림없다! 모든 아란 테세린의 프린과 프레이어들은 저 무도한 속세의 압제자에게 맞서 싸울 것이다!"

대부분의 고위 프린도 찬동했다.

"물론입니다!"

"릴스타인, 그 작자가 정신이 나갔군요! 감히 신의 권위에 대항하려 하다니."

물론 개중엔 차가운 현실을 볼 줄 아는 이들도 소수지만 있었다.

"현재 릴스타인의 세력은 무시무시할 정도로 강력합니다. 과연 교단이 감당할 수 있을지……"

"무신급 소드하이어가 무려 다섯 명이라던데……"

"아니, 초인급 소드하이어만으로도 우리에겐 승산이 전혀……"

하지만 그들은 다수의 뜻을 꺾지 못했다. 오히려 빈축만 샀다.

"아란 테세린께서 우리와 함께하신다! 위대한 태양의 광휘가 보우하는데 무엇이 두렵단 말인가!"

"신에 대한 그대들의 믿음이 고작 그 정도였던가?"

"한심한 자들 같으니!"

태양의 교단 본산, 래디언스 원은 강경하게 대응했다. 교황 테라우드가 직접 친필을 들어 릴스타인의 어리석음을 준엄하게 꾸짖었다.

마법의 제왕이여. 그대가 실로 놀라운 위업을 이루었음은 인정하는 바이다. 하나 한낱 인간이 어찌 손바닥으로 태양을 가릴 수 있겠는가? 지금이라도 늦지 않았으니 겸손함을 보이고 일월성신의 이름 아래 속세의 군주로서 지음받을지어다!

준엄하게 꾸짖는 것치곤 호칭을 너무 띄워준다. 솔직히 말하면, 태양의 교단도 정말 승산이 있다고 여기진 않았던 것이다.

과거와 달리 꽤나 세력이 위축된 태양의 교단이다. 교단에 소속되어 있는 프레이어의 숫자나 수준도 과거에 비해 상당히 떨어진 상태다.

당장, 달의 신전엔 두 명이나 있었던 백금위의 프레이어도 태양의 교단엔 전혀 없었다. 사실 전력만 치면 기껏해야 흑사자 기사단과 비등한 정도인 것이다.

그럼에도 저리 나간 것에는 나름 계산이 있기 때문이었다.

"정말 릴스타인이 군사를 일으키진 않겠지?"

"설마요? 별의 성지나 달의 신전과는 상황이 다르잖습니까?"

릴스타인 왕국에 본산이 있는 별의 성지는 몇 년 전부터 릴스타인의 수족이 되어 있었다. 그러니 이제 와서 복종 서약을 하는 것이 어색하지 않았다. 교황을 비롯한 고위 프린 대부분이 이미 친(親)릴스타인파였으니까.

그리고 현시대의 달의 신전은 여교황인 카렌 이나시우스가 자신의 나라를 세우는 바람에 속권과 교권의 구분이 흐릿해졌다. 대부분 이나시우스 교국과 달의 신전을 동일시했으니, 릴스타인이 저런 무도한 짓을 저질러도 큰 반발이 없었다.

반면 태양의 교단은 순수한 종교 집단의 형태를 유지했고, 많은 테라노어 백성의 정신적 지주로 존재하고 있었다.

이 상황에서 릴스타인이 굳이 군사를 일으켜 무력으로 태양의 교단을 짓밟는다면 득보단 실이 더 클 터였다.

과연 릴스타인이 그런 어리석은 선택을 할까?

태양의 프린들은 그렇지 않다고 판단했다.

"그는 바보가 아닙니다."

"이미 교단의 진짜 제안을 파악했겠지요."

겉으론 강경한 척하면서도, 태양의 교단은 선언문 속에 은근슬쩍 릴스타인을 향한 화해의 메시지를 심어놓았다.

바로 이 구절이었다.

일월성신의 이름 아래 속세의 군주로서 지음받을지어다!

역대 루스클란 황제는 대대로 즉위식 때, 일월성신의 대표인 태양의 교황에게 황제로 지음받는 의식을 치러왔다.

즉, 겉으론 세게 나오는 척하면서 실은 릴스타인을 테라노어의 황제로 인정하겠다는 메시지를 보낸 것이다.

'당신을 황제로 인정한다. 황제로 섬기고 명령에도 복종할 것이다. 단지 우리에게도 평판이란 게 있으니까, 체면만 좀 세워달라.'

이것이 태양의 교단의 진짜 속내였다.

"이 정도쯤 했는데 정말로 릴스타인이 군대를 움직이진 않겠지?"

"그렇겠지요."

"릴스타인은 충분히 합리적인 성격입니다."

내심 불안에 떨며 교황을 비롯한 태양의 교단 고위 프린들은 릴스타인의 답변을 기다렸다.

*　　　*　　　*

"웃기고들 있군."

릴스타인은 비웃음을 숨기지 않았다.

이미 그는 교단의 진짜 메시지를 파악하고 있었다. 제안 자체는 충분히 만족스러운 것이었다. 예전의 그였다면 말이지.

'뭐, 지금도 딱히 만족스럽지 않은 것은 아니지만……'

프린 타리오스에게도 말했듯이, 지금의 그는 굳이 세상의 눈치를 볼 필요가 없다. 눈치를 볼 것이었으면 애당초 그런 시비조의 서신을 보내지도 않았다.

"한심한 신의 종놈들에게 현실을 알려줘야겠군."

왕도 라텐셀에 머무르고 있던 릴스타인 왕국군이 다시 움직였다.

그리고 열흘 뒤, 래디언스 원은 불길에 휩싸여 있었다.

*　　　*　　　*

"아아아……."

불타는 래디언스 원을 지켜보며 늙은 프린은 한탄을 터뜨렸다.

교황도 고위 성직자들도 모두 죽음을 당했다. 용맹하던 신의 전사들, 태양의 프레이어들 역시 시체가 되어 불타고 있었다.

이 모든 것이 저 인세를 초월한 괴물들의 짓이었다. 하나하나가 이계구원자에 필적하는, 가공할 무위의 무신급 소드하이어들!

특히 늙은 프린의 눈에 들어온 이는 큰 키를 지닌 흑인 기사였다.

다섯 무신 중에서도 제일 강력한 권능과, 제일 강력한 무구를 지닌 자.

"저건……."

다른 사람은 몰라도 늙은 프린은 그 무구를 알아볼 수 있었다. 예전에 그가 직접 관리하던 무구들이었으니까.

"디재스터에 마갑 루브레스크……."

늙은 프린이 고개를 돌려 적색 로브의 사내를 노려보았다.

"당신 짓이었나! 릴스타인!"

본산을 불태운 당시의 '정체불명 초인급 소드하이어'는 태양의 교단 교적으로 간주되었다. 그 사태로 실로 많은 이가 숨진 것이다.

이후 디재스터가 성시한의 손에 나타났을 때 사정을 파악하기 위해 직접 찾아간 적도 있었다.

성시한이 범인이라고 여겨서는 아니었다. 범인과는 키와 덩치가 완전히 다른 데다가, 당시 불타는 본산을 구한 것이 성시한이라는 믿을 만한 증거가 있었다. 일행이었던 알리타와 제논은 당시에 굳이 얼굴을 감추지 않았었으니까.

마갑 루브레스크를 걸치고 디재스터를 휘두르는 저 기사는 당시의 그 '교적'과 덩치가 흡사했다. 당시엔 투구 때문에 얼굴을 못 봤지만 정황상 충분히 의심할 만하다.

릴스타인은 굳이 부인하지 않았다.

"래디언스 원을 두 번이나 불태우게 되어 좀 미안하긴 하군."

유들유들한 말투였다. 죄책감 따위 전혀 느껴지지 않는 차가운 어조, 늙은 프린이 악을 써댔다.

"이 무슨 끔찍한 죄악이란 말이냐, 릴스타인! 광제의 죽음을 잊었느냐? 네놈에게 천벌이 내릴 것이다!"

순간 릴스타인은 폭소했다. 광제를 죽인 당사자 중 한 명에게 그런 걸 묻는단 말인가?

"광제의 죽음이 천벌이던가?"

그는 오른손을 가볍게 들었다.

"일월성신은 광제에게 아무 짓도 하지 못했어."

섬세한 손가락 사이로 영기가 피어올랐다.

"그토록 애원하며 기도하던 어린아이에게도 아무 응답을 주지 않았고."

늙은 프린의 두 눈에 공포가 떠올랐다. 두 눈을 부릅뜬 채 노인이 벌렁 자빠졌다.

극심한 공포로 일그러진 표정, 하지만 아직도 심장은 뛰고 있다. 과하게 겁을 먹고 기절해 버린 것이다.

릴스타인이 쓴웃음을 지으며 도로 손을 내렸다.

"아니, 죽이겠다는 게 아니라 그냥 시끄러워서 입 좀 막겠다는 거였는데……."

이 늙은 프린은 좋은 사람이었다. 그에게 대적할 만큼 고위층도 아니었다. 당연히 죽일 이유도 없었다.

"신을 섬기는 이들 중엔 분명 좋은 사람들이 많지."

그런데 그 좋은 사람들이 집단을 이루고 권력을 쥐면, 우습게도 문제 가득한 단체가 되어버린다.

릴스타인은 다시 불타는 래디언스 원으로 시선을 돌렸다.

"일월성신의 교단이니 뭐니 해봤자, 결국은 정치 단체일 뿐이다. 속세의 권력을 쥔 주제에 속세의 제어에서 벗어나겠다는 허튼짓거리를 용납할 생각은 없어."

결국 태양의 교단은 무릎을 꿇었다. 살아남은 이들 중 가장 고위직이었던 프린 아라트가 교황직을 계승하고 릴스타인에게 충성을 맹세했다.

이로써 테라노어 전체가 완전히 한 사람의 손아귀에 들어갔다.

　　　　*　　　　*　　　　*

　사파란 왕국 동부에 위치한 그람파 마을.

　마을 외곽의 한 태버언에서 세 남녀가 구석에 자리를 잡고 식사 중이었다. 투박한 인상의 갈렌족 청년과 박색의 흑발 여인, 그리고 갈색 머리칼을 지닌 서부 출신으로 보이는 십 대 소녀였다.

　흑빵과 에일로 이루어진 소박한 요리를 앞에 두고 흑발의 여인이 한숨을 내쉬었다.

　"릴스타인이 테라노어를 차지해 버렸군요."

　갈렌족 청년이 혀를 찼다.

　"좀 더 빨리 움직였어야 했나……."

　갈색머리의 소녀가 고개를 저었다.

　"어쩔 수 없잖아요. 부상을 수습해야 했으니."

　이들의 정체는 카렌과 성시한, 그리고 알리타였다. 시한의 다리가 나을 때까지 내내 인적 드문 곳에 숨어 지내다가 이제야 겨우 힘을 회복하고 움직인 것이다.

　시한과 알리타는 천변기를, 성직자인 카렌은 천변기에서 파생된 외모 변환 신성술을 이용해 얼굴을 바꿨다. 알리타의 경우엔 일부러 염색까지 했다. 갈렌족의 흑발이야 워낙 흔하니 상관없지만 백금발은 제법 귀한 편이니 만일을 대비할 필요가 있었다.

셋은 그렇게 정체를 숨긴 뒤 가까운 교역 마을을 찾았다.

유동 인구가 적은 곳은 외지인이 나타나는 것만으로 시선을 받는 데다가, 정보를 얻기도 어려웠기 때문이었다.

떠돌이 용병으로 위장한 뒤 길드며 태버언 등을 찾아 돌아가는 정황부터 파악했다.

상황은 암울했다.

"하이어 말루프가 죽다니……."

시한이 우울해하며 중얼거렸다. 카렌 역시 같은 심정이었다.

"프레이어 호트렌이……."

백경기사단과 청월기사단이 처형당하고 남은 이들은 릴스타인의 휘하로 들어갔다. 모든 세력을 잃은 것이다.

"다행히 창천기사단이나 바락 할아버지는 도망친 것 같지만……."

제논의 행방은 알 수 없었다.

용병왕의 둘째 제자라면 상당히 명성 있는 위치지만, 다른 이들에 비해선 상대적으로 비중이 적은 것이다. 소문에 민감한 용병이나 상인들도 거기까지 관심을 가지진 않았다.

시한의 안색이 살짝 굳었다.

"설마 제논도 뭔 일 당한 건 아니겠지?"

알리타가 어깨를 움츠렸다.

"제논은 원래 홍룡기사단 출신이었죠……."

원래 릴스타인의 기사였으니, 홍룡기사단 입장에선 용서 못할 배신자일 터였다. 만약 붙잡혔다면 결코 좋은 처지는 아니리라.

"하아……."

한숨을 쉬며 성시한은 더러운 천장을 올려다보았다.

사국 동맹은 모조리 멸망했다. 기껏 가꾼 세력도 모두 잃었다.

'이제 어떻게 해야 하나……'

길이 보이지 않았다.

『이계진입 리로디드』 14권에 계속…